D0880395

Les ambitieux

Collection « Romans », n° 5, série « Jeunesse », n° 3

Paul Prud'Homme

Les ambitieux

Roman

Photographies

Pierre Guévremont

 Les Éditions du Vermillon

Les Éditions du Vermillon remercient
le Conseil des Arts du Canada
et le Conseil des arts de l'Ontario
du soutien qu'ils leur apportent
sous forme de subvention globale.

ISBN 0-919925-80-4
COPYRIGHT © Les Éditions du Vermillon, 1993
Dépôt légal, premier trimestre 1993
Bibliothèque nationale du Canada

Du même auteur

Vernissage de mes saisons. Poèmes. Livre de l'élève, collection *Paedagogus*, n° 2, Les Éditions du Vermillon, Ottawa, 1986, XIV/ 90 pages.

Vernissage de mes saisons. Poèmes. Livre du maître, collection *Paedagogus*, n° 3, Les Éditions du Vermillon, Ottawa, 1986, XIV/ 90 pages.

Vernissage de mes saisons. Poèmes, collection *Rameau de ciel,* n° 1, Les Éditions du Vermillon, Ottawa, 1986, 48 pages.

Aventures au Restovite. Roman, collection *Romans,* n° 2, série *Jeunesse,* n° 1, Les Éditions du Vermillon, Ottawa, 1988, 208 pages. Réimpression, 1990.

Aventures au Restovite. Cahier du maître, collection *Paedagogus,* n° 5, Les Éditions du Vermillon, Ottawa, 1988, 56 pages.

Aventures au Restovite. Cahier de l'élève, collection *Paedagogus,* n° 6, Les Éditions du Vermillon, Ottawa, 1988, 56 pages.

Luc Tremblay

Henri Casgrain

Jean Tremblay

Hélène Casgrain

Madame Tremblay

Marc Séguin

À la mémoire de Rodolphe Régnier

Chapitre premier

Iʟ est dix heures. Les pneus des autos chuintent sur le pavé. On dirait que quelqu'un décolle des kilomètres de diachylon. Henri Casgrain, debout sur la galerie de sa maison, contemple un moment les réverbères qui forment des halos dans la brume. Il reste insensible aux mouvements de la rue, et les ronds de lumière ne servent qu'à le plonger dans sa conscience. C'est là que se joue et s'anime une constante machination.

À voir sa silhouette, on croirait une statue. Il est grand et costaud sur des jambes musclées. Son abondante chevelure frisée lui calque une tête carrée. De gris vêtu, c'est un profil flou qui s'estompe dans la nuit.

Absorbé dans ses souvenirs, Henri revoit ses gestes et pèse ses paroles, prononcées au cours de la soirée. A-t-il bien agi? Le faste souper a-t-il fait bonne impression sur madame Lanctot? Quelles sont ses chances, suppute-t-il, qu'un jour, ils unissent leurs fortunes par un mariage?

En lui, tout n'est qu'affaires, calculs, jeux subtils et préméditation...

Casgrain est veuf depuis six mois et c'est sa première sortie avec une femme. Les troubles charnels ou émotifs que pourrait ressentir un veuf en une telle circonstance, il ne les éprouve pas. Au contraire, il est froid et posé comme un joueur d'échecs devant l'échiquier. Il revoit le jeu passé, tente de prévoir le jeu de l'adversaire et, déjà, prépare sa riposte. La dame de l'échiquier, en ce moment, c'est madame Estelle Lanctot.

Veuve depuis près d'un an, elle en était, elle aussi, à sa première sortie. Son époux, foudroyé par une crise cardiaque, lui a laissé une usine de pâtes et papiers. À son mariage, madame Lanctot avait grossi considérablement la fortune de son mari en y ajoutant de vastes terrains riverains en périphérie de la métropole.

Déjà, Henri calcule qu'un jour il construira une nouvelle usine de pâtes et papiers sur l'un de ces terrains, actuellement inaccessibles en raison de leur coût trop élevé.

Oui, il croit bien avoir impressionné son invitée par la corbeille d'orchidées qu'il lui a fait parvenir cet après-midi. Et leur souper au Château Lumière, Estelle en a été ravie.

Il a mené la conversation. Il l'a étonnée, sans doute, par la logique de ses exposés sur l'état des finances du pays, de la province, de son industrie. De son côté, elle n'a presque pas parlé, se contentant d'écouter.

Belle femme dans la cinquantaine, Estelle est très chic. À la mort de son mari, elle a conservé l'entreprise, gérée par un conseil d'administration qu'elle préside, non sans difficultés d'ailleurs. Plutôt terre à terre, elle s'applique toutefois à vivre au jour le jour, tout naturellement, sans calcul, sans détour.

En fait, pour Henri Casgrain, ce serait un handicap si elle était plus avisée, puisqu'il ne pourrait pas l'influencer à sa guise.

Machinalement, Henri jette son mégot de cigarette sur le gazon humide et rentre, encore tout à ses pensées. La lumière fait papilloter ses yeux pendant qu'il se dirige vers le vaste salon d'où s'échappent des bribes de conversation. Il reconnaît le rire de sa fille Hélène. Mais, quelle est cette voix d'homme?

Avant d'entrer, il se permet d'observer la scène, depuis la porte du salon.

Les yeux d'Henri suivent l'étranger. C'est un beau grand jeune homme, d'environ vingt ans, à l'allure énergique. Sa chevelure, coiffée

**Avant d'entrer, Henri Casgrain se permet
d'observer la scène, de la porte du salon.**

avec soin, attire l'attention. Ses mains fines suivent le rythme de sa voix. Il est vêtu avec goût. Cependant, les yeux connaisseurs d'Henri ont reconnu des vêtements de prix moyen. «Il n'est pas riche», conclut-il.

Hélène, d'habitude très réservée et même un peu triste, surprend son père par sa verve, son enjouement.

Depuis la mort de sa femme, Henri n'a vu Hélène sourire que très rarement. À l'égard des soupirants «bien» qu'il lui a présentés, elle s'est montrée distante, presque ennuyée de leur présence. Mais, pense le père, elle doit oublier ses sornettes concernant la vie religieuse vers laquelle elle est si fortement attirée. En effet, il l'a envoyée à l'école dans un établissement privé, et elle est devenue très pieuse et idéaliste.

Fille unique d'une famille de million-naire, Hélène a été choyée par sa mère, laquelle était souvent négligée par un mari tout à ses affaires. Madame Casgrain a comblé sa fille de la tendresse qu'elle re-cherchait elle-même.

De son poste d'observation, le père con-temple Hélène. Grande et de taille forte, elle n'a pas beaucoup d'élégance. Son visage robuste, au front volontaire et au nez camus, cadre mal avec ses yeux noirs, brillants d'intelligence.

Le manque de beauté de sa fille était une déception pour Henri. Dans sa soif de pouvoir et de possession, il rêvait. Combien plus de chances lui auraient été données si sa fille avait été élégante! Et combien plus d'occasions de la marier à un homme de famille aisée...

Les quelques hommes, à qui il avait présenté sa fille, avaient traité celle-ci avec la politesse artificielle de leur classe, mais n'étaient jamais revenus la voir. Hélène ne s'en était pas plainte. Comme si elle avait été consciente de son manque de charme, elle s'était quelque peu résignée à sa vie solitaire, en se valorisant par ses succès scolaires.

Monsieur Casgrain toussota pour signaler sa présence et entra dans le grand salon où conversaient avec une certaine animation Hélène et son ami.

— Ah! bonsoir, papa! dit la jeune fille avec empressement.

De son côté, le jeune homme se leva et salua d'un hochement de tête celui qui entrait.

— Papa, je te présente Luc Tremblay. C'est un ami que je connais depuis peu.

Monsieur Casgrain s'approcha avec solennité, tendit la main à l'invité et le toisa en reculant le torse et la tête.

— Enchanté de faire votre connaissance, dit-il.

Il ne fit aucun effort pour ajouter à la conversation, et laissa le jeune homme se débattre, dans l'embarras des premières paroles.

Luc ne s'en laissa pas imposer. Il fouilla, décontracté, dans la poche de son veston et retira son paquet de cigarettes pour en présenter une à monsieur Casgrain qui répondit :

— Non merci, je viens juste d'en éteindre une.

Puis, Luc, à son tour, s'assit comme venait de le faire son hôte et se contenta d'allumer sa cigarette.

Ce fut Hélène qui rompit le silence en reprenant :

— Luc est comptable à la firme Lanctot et associés. Tu les connais sans doute, papa?

— Si je les connais! Ce sont mes concurrents les plus acharnés. Depuis maintenant plus de trois ans, j'essaie de former un cartel avec eux. Rien à faire. Bien que ses affaires traversent certaines difficultés, madame Lanctot refuse de considérer mes offres. Étais-tu au courant de ça, jeune homme?

— Oui. Je suis adjoint au comptable en chef et ces offres financières finissent toujours par me passer entre les mains. Rares sont les chiffres qui ne paraissent pas sur mon bureau à un moment ou à un autre.

Certes, Luc ne pouvait donner plus d'informations confidentielles, surtout en une telle circonstance et, par peur d'en dire trop, il s'arrêta pour laisser réagir son interlocuteur.

— Et maintenant, les affaires de Lanctot, ça roule mieux? demanda celui-ci avec nonchalance, et comme pour pouvoir nourrir la conversation.

Luc le fixa d'un air enjoué, en balançant la tête, puis il répondit :

— L'économie mondiale apporte des difficultés à tout le monde, mais la société Lanctot ne s'en trouve pas si mal. Assez bien pour faire concurrence à de plus gros qu'elle, ajouta-t-il, les yeux braqués sur l'industriel, avec un sourire narquois qui avait plus d'humour que de malice.

Casgrain comprit qu'il n'arriverait à rien au cours de cette conversation. Il se leva, consulta sa montre et fit remarquer à sa fille :

— Il est tard. N'as-tu pas un cours d'économie de bonne heure demain matin?

— Oui, papa, se contenta de répondre Hélène, qui comprit que son invité n'avait pas trop impressionné son père.

— La journée a été longue et j'ai sommeil, ajouta Luc en réponse à l'insinuation que lui adressait le père. Au revoir, monsieur Casgrain, reprit-il en tendant la main à celui-ci. Ce fut un honneur de rencontrer le plus grand industriel de la région.

— Bonsoir, se contenta de répondre Casgrain qui, déjà, s'éloignait dans le long couloir menant aux escaliers.

— À demain, Luc, dit Hélène, quelque peu gênée par l'attitude froide de son père.

Luc feignit de n'être en rien offusqué.

— Nous pourrons nous rencontrer au même endroit qu'à l'accoutumée. Demain, c'est mercredi, tes cours finissent à cinq heures et demie. Je serai à la cantine de l'université avant six heures.

Avec affection, le jeune homme embrassa Hélène, qui le laissa faire, toute confiante.

Elle le reconduisit jusqu'à la porte. Leur sourire de connivence préparait déjà leur rencontre du lendemain. La porte se referma derrière Luc qui s'enfonça dans le brouillard de la nuit.

Luc revit sa rencontre avec Casgrain. De toute évidence, celui-ci ne l'avait pas trop aimé, mais Luc crut avoir bien mené son jeu devant l'industriel. «Il ne faut surtout pas faire le chien battu devant ces hommes d'affaires, sinon ils vous traitent à coups de pieds», dit-il tout haut, comme pour se convaincre du bien-fondé de son attitude.

Vingt minutes de marche séparaient les deux maisons, mais Luc choisit de rentrer à pied plutôt que de prendre un taxi. Il aurait ainsi le temps de réfléchir. Il revit son stratagème depuis le début. Sortir de sa classe sociale en coudoyant des gens d'élite et, si la chance lui souriait, se joindre à leur rang. Et quelle meilleure façon de le faire, sinon par un mariage dans une de ces familles?

C'est ainsi qu'il avait ratissé les dossiers de ces gens privilégiés dans les classeurs confidentiels de son lieu de travail. Il avait noté leur adresse et tout renseignement utile. Ensuite, il s'était dressé une liste des cinq familles les plus riches et avait choisi de les explorer. Depuis plus d'un an, l'ambitieux avait joué à l'espion dans le secteur résidentiel des «bourgeois». Les trois premiers noms s'étaient révélés être des culs-de-sac, puisque ces familles n'avaient pas de fille à marier. Au quatrième nom, il avait hésité, sachant que monsieur Henri Casgrain était bel et bien l'adversaire acharné de Lanctot et associés. Puis, il s'était repris, croyant que ce fait même pourrait aussi bien jouer en sa faveur que contre lui.

Ainsi, comme un limier, Luc s'était mis à la recherche de toute l'information possible au sujet de monsieur Casgrain. Pendant près d'une semaine, il avait surveillé la résidence de cet homme prospère. Quelle ne fut pas sa joie lorsqu'il vit Hélène, jeune fille d'environ vingt ans. Étudiante, d'après les tas impressionnants de bouquins qu'elle traînait toujours avec elle. Puis il l'avait suivie jusqu'à l'université.

Enfin, Luc se trouvait sur une bonne piste et il résolut de faire la connaissance de la jeune fille à la première occasion. Une seule déception dans ses plans : la demoiselle n'était pas très jolie. Non qu'elle soit laide, mais quel atout de plus en faveur de l'arriviste s'il avait pu tout avoir, pouvoir, richesse et beauté. Cependant, deux de trois n'étaient certes pas à dédaigner. D'ailleurs, si elle avait été ravissante, sans doute aurait-elle déjà été choisie...

Dès le lendemain, Luc avait rencontré Hélène. Tout arriva comme prévu. À l'entrée de la bouche de métro, il l'avait bousculée. Elle avait laissé tomber ses livres. Il s'était excusé et il l'avait aidée à les ramasser. La rencontre sembla accidentelle et servit de prétexte à une conversation amicale.

Ils s'étaient donné rendez-vous à la cantine de l'université. C'est là que se forment d'innombrables groupes d'amis.

Devant les attentions soutenues du jeune homme, Hélène avait eu le coup de foudre, comme une couventine en vacances. Quant à celui-ci, son jeu se déroulait bien. Le charme et la personnalité d'Hélène, sa vaste culture, acquise au cours de ses lectures, son intelligence et surtout sa naïveté la rendaient agréable à Luc, même s'il ne ressentait pas d'amour pour elle.

Ces événements repassaient dans sa tête pendant qu'il marchait. Mais les choses se corsaient. Monsieur Casgrain serait un adversaire qu'il lui faudrait amadouer. Loin de décourager l'intrigant, ce nouvel obstacle le stimulait. Il entra chez lui, se coucha et s'endormit aussitôt.

★

Pour Henri Casgrain, le sommeil ne venait pas. Cet intrus auprès de sa fille avait perturbé la paix de sa famille et, surtout, ses plans pour Hélène. Il n'aimait pas ce jeune homme trop sûr de lui-même, ce petit comptable de basse classe qui faisait la cour à sa fille. Il avait décelé un feu étrange dans les yeux d'Hélène. Non, il ne le permettrait pas. Il s'entendit prononcer tout haut : «Il ne sera pas dit qu'Henri Casgrain a laissé la classe bourgeoise s'affaiblir par l'intrusion de gens indignes d'elle...»

Chapitre II

P LEINE d'appréhension, Hélène évita de faire face à son père au petit déjeuner. Elle avait peu dormi, repensant mille fois au scénario de la veille. Elle tentait de prévoir les réactions de l'homme d'affaires, celles de Luc, et craignait, sans doute encore plus, les siennes propres.

Elle savait son père dominateur, connaissait ses tendances dictatoriales. Jamais elle n'avait osé lui tenir tête et elle s'était habituée, à l'image de sa mère, à obéir de plein gré plutôt que d'avoir à le faire plus tard à contrecœur, de céder à plus fort qu'elle.

Dès son coup de foudre pour Luc, elle avait été angoissée à l'idée qu'un jour son père n'accepterait peut-être pas son choix. Elle ne voulait pas détruire la flamme merveilleuse qui réchauffait son premier véritable amour. C'est pourquoi elle avait laissé dormir ces tourments menaçants, afin de goûter son bonheur.

Pourtant, comme un noyé qui remonte à la surface, les craintes d'Hélène avaient ressurgi après la froide rencontre des deux hommes, la veille au soir. Elle regretta d'avoir invité Luc chez elle. Oui. Elle avait tramé la rencontre après plusieurs hésitations et s'était enfin décidée, encouragée par Luc qui voyait le déroulement de ses plans ralenti par l'indécision de la jeune fille.

— Maintenant ou plus tard, il faudra affronter l'inévitable, avait avancé, avec logique, le jeune homme entreprenant.

Hélène craignait tant de rencontrer son père au petit déjeuner qu'elle résolut de s'y soustraire. Elle se leva tôt, déjeuna avant lui et remonta à sa chambre pour attendre l'heure du départ, sous prétexte d'étudier pour une épreuve. Son cœur s'émut lorsqu'elle entendit frapper à sa porte.

Son père entra. Il lui jeta un regard froid.

— Bonjour, papa. Tu es bien chic, aujourd'hui, dans ton complet bleu, dit-elle pour l'amadouer.

— Merci. Toutefois, je ne suis pas venu ici pour discuter de mode, mais bien de ton nouvel ami. Comment s'appelle-t-il encore?

— Luc Tremblay...

— Oui, Luc...

— C'est un très bon garçon, papa. Il est travailleur, honnête, bien élevé, respectueux...

— Hélène, tu sais que je suis l'un des plus gros industriels de la métropole. Mon père et mon grand-père m'ont laissé une entreprise florissante, renommée de par le pays, et même à l'étranger. Tu dois comprendre que nous sommes d'une classe privilégiée. Nous ne sommes pas de nouveaux riches. Déjà trois générations de Casgrain sont de la haute bourgeoisie de ce pays. Ta défunte mère, elle aussi, était de souche distinguée et a légué l'honneur de son rang et de sa fortune à notre famille. Une telle lignée, Hélène, ne peut pas être brisée maintenant.

— Mais, papa, Luc est honorable. N'est-ce pas la valeur d'un homme qui a préséance sur son rang et sa fortune?

— Certes, la valeur d'un homme est importante. Cependant, crois-tu qu'il ne se trouve que des crétins dans notre classe? Les jeunes que je t'ai fait connaître, il y a quelques mois, étaient des hommes de valeur et avaient, en plus, l'honneur d'appartenir à notre classe. Ainsi, en choisissant l'un d'eux, tu fais d'une pierre deux coups. Tu unis rang et valeur.

— Mais...

— Non! Tu vas m'écouter. Je n'ai pas le temps, ce matin, de discuter avec toi. Tu vas rompre maintenant avec ce petit comptable, ce petit va-nu-pieds qui n'est pas de notre monde. Tu vas l'écarter fermement sans lui laisser le moindre espoir. Si tu t'ennuies, si tu es prête pour la compagnie d'un homme, je t'arrangerai des rencontres avec les fils de nos amis lors des nombreuses réunions sociales qui auront lieu bientôt.

Henri Casgrain s'était enflammé. Maintenant, il radoucissait le ton, reprenait la maîtrise de son caractère bouillant et, comme devant un adversaire commercial, il jouait ses cartes avec plus de calme et de logique. Il comprit, en voyant les larmes de sa fille, qu'il devait user de sentiments. Il s'approcha d'elle et mit son bras autour de ses épaules qui tremblaient de sanglots incontrôlés.

— Ta mère l'aurait voulu ainsi, ajouta-t-il, presque doux.

À ces mots, mal à l'aise dans ce rôle de père sensible, il sortit sans rien ajouter, sachant que son enfant, toujours docile, lui obéirait. Elle aurait certainement du chagrin, mais il sourit à la pensée de ces petites peines d'amour qui sont vite oubliées. «Je fais cela pour son bien», songea-t-il. Ainsi, justifié dans sa propre conscience, il se promit de s'occuper davantage de sa fille à l'avenir. Il prendrait soin de la faire participer à la vie mondaine des gens de son milieu. Elle rencontrerait alors des jeunes gens de familles nanties et le petit comptable serait vite évincé.

Dans sa chambre, Hélène sanglota longtemps. Lorsque la douleur eut desserré quelque peu son étreinte, elle évalua la situation avec plus d'objectivité.

Dans le passé, elle avait toujours obéi sans difficulté. Elle était docile de nature, et son éducation l'avait habituée à la discipline, de sorte qu'elle se conformait sans arrière-pensées à ce qu'on attendait d'elle. Maintenant qu'elle était plus âgée, qu'elle devenait plus indépendante, Hélène revoyait sa jeunesse d'un autre œil. Elle se souvint de sa mère, femme effacée, obéissante à son époux. Mais, aujourd'hui, elle ne la voyait plus dans la même perspective. Aussi, les paroles étranges que lui avait soufflées sa mère, le jour de sa mort, revenaient-elles souvent hanter son esprit. «Hélène, le bonheur est un devoir. Ne laisse personne te détourner de ton bonheur». Ces paroles, prononcées en un moment aussi tragique, s'étaient imprimées dans son esprit. Au début, elle les avait comprises comme le conseil d'une bonne mère. Toutefois, à la lumière de ces tout derniers événements, ces paroles commençaient à prendre un sens nouveau. Elle revoyait plusieurs scènes de soumission forcée de sa mère, toujours abandonnée aux volontés de son époux. Les attitudes de son père, elle les jugeait maintenant cruelles. «Hélène, le bonheur est un devoir. Ne laisse personne...» Cette personne était donc son père... Sa mère avait mis Hélène en garde contre son propre père. N'était-ce pas lui qui, par son égoïsme, avait gâché la vie de son épouse? Une à une, les scènes familiales qu'Hélène repassait dans sa tête, tels des films saisissants, lui faisaient constater l'écrasement de sa mère.

Non, personne ne devait la détourner de son bonheur...

Personne! Mais, c'était son père qui avait commandé. Un trouble indéfini la tenaillait. Elle fut prise de remords. «Père et mère honoreras...» Ce commandement, implacable pour les enfants dominés, remonta en son âme et vint faire chavirer ses intentions de rébellion, si rapidement ourdies. Elle tenta d'être froide et logique. Ses ambitions ne venaient-elles pas fausser son raisonnement?

Ne s'était-elle pas passionnée un peu vite pour ce jeune homme qu'elle ne connaissait que depuis un mois? Pourtant, elle l'aimait déjà et lui vouait une confiance et une admiration sans bornes. C'est donc lui qui pourrait le mieux la conseiller. Elle irait le rencontrer cet après-midi, comme prévu, non pas pour le chasser, mais pour lui exposer son dilemme.

La seule pensée que son père l'oblige à rencontrer de nouveau d'autres jeunes gens «bien» lui faisait horreur. Hélène vécut cette journée à l'université, en proie à une angoisse tout entortillée de raisonnements contradictoires. Au fur et à mesure qu'approchait l'heure de son rendez-vous avec Luc, ses appréhensions augmentaient, ses doutes redoublaient et ses remords de rebelle la secouaient de la tête aux pieds.

C'est en vain, cet après-midi-là, que Luc la chercha. Il l'attendit pendant plus d'une heure avant de retourner chez lui, perplexe.

**Luc l'attendit pendant plus d'une heure
avant de retourner chez lui, perplexe.**

Chapitre III

LES yeux bouffis et rouges, Hélène s'engouffra dans la bouche du métro le lendemain matin. Elle n'avait pas fermé l'œil de la nuit. Au petit déjeuner, son père l'avait bien vu. Il avait compris la tristesse de sa fille, mais n'avait osé en parler. Il était fier que sa fille lui obéisse. «Bah! c'est une petite peine qui passera vite. D'ailleurs, elle m'en remerciera un jour», s'était-il dit.

Dans l'âme d'Hélène, ce matin-là, le désespoir régnait. Une sourde et informe haine naissait envers son père. Des paroles revenaient sans cesse dans son esprit, tel un leitmotiv lancinant : «Hélène, le bonheur est un devoir...» Comment espérer atteindre ce bonheur en butte à l'obstacle des volontés paternelles?

Hélène sursauta et sortit brusquement de son brouillard lorsqu'une main l'empoigna au bras. Elle se retourna et ses yeux rougis fixèrent les yeux bleus de Luc. La bouche ouverte, elle demeura figée sur place.

**Hélène sursauta
et sortit brusquement de son brouillard
lorsqu'une main l'empoigna au bras.**

Soudain, la débâcle! Elle laissa tomber ses livres et s'agrippa au cou de Luc avec une telle détresse que le jeune homme en fut ému. Et là, elle ne put se retenir de sangloter, même devant les personnes qui passaient autour d'eux. Plus rien n'existait pour elle, ni le monde, ni le temps, ni l'espace; seule une immense tristesse qu'elle laissait déborder. Luc ne bougea pas pendant quelques instants, puis il saisit d'une main les livres qu'avait ramassés une vieille dame compatissante, et entraîna Hélène vers un coin à l'écart.

— Ma petite Hélène a beaucoup de peine... Voyons, tout s'arrangera, je suis là pour t'aider. Console-toi. Allons, cesse de pleurer et raconte-moi tout ce qui se passe.

Alors, il laissa à Hélène un moment de répit pour que s'estompent les spasmes qui étranglaient sa gorge. D'une voix enrouée, elle lui raconta la terrible volonté de son père.

Luc s'y attendait. Surtout depuis la veille au soir. Hélène ne s'était pas montrée à leur rendez-vous et il avait tout deviné. Son esprit avait échafaudé un plan. C'était bien simple au fond. Continuer à voir Hélène clandestinement jusqu'à ce qu'elle s'éprenne de lui au point où même son père n'y pourrait plus rien. Alors, devant le fait accompli, celui-ci se verrait obligé de se soumettre aux désirs de sa fille et d'introduire Luc dans son rang, son commerce, sa fortune peut-être... Non, il ne ressentait pas d'amour pour Hélène. Pourtant, les qualités de la jeune fille rendaient son complot moins pénible.

L'obstacle était pour lui un jeu et l'adversaire, Casgrain, serait redoutable. Mais le jeune comptable ne s'avouait pas vaincu pour autant. Après tout, il n'avait rien à perdre et tout à gagner. L'enjeu était considérable.

— Ne t'en fais pas, ma belle Hélène. Tout s'arrangera. Je t'aime, tu m'aimes, il n'y a rien qui puisse nous séparer.

— Mais il me défend de te revoir. Il veut te chasser, lui lança Hélène avec un tel accent de désarroi que Luc ressentit de la pitié pour elle.

— Hélène, ressaisis-toi. Je suis ici à tes côtés. Qu'as-tu à craindre? Tu es adulte. Quel pouvoir a ton père sur tes sentiments? De quel droit peut-il te contraindre à me chasser? Suis-je méchant envers toi? Ai-je manqué de respect à ton égard?

Luc prit un air offusqué qui condamnait l'attitude lâche d'Hélène. Constatant la mine piteuse de la jeune fille, il renchérit.

— Non, aussi bien se quitter dès maintenant si tu es si faible et prête à m'abandonner devant le premier obstacle.

Luc fit un pas de côté, détourna la tête, l'air vexé.

— Tu sais bien, Luc, que je t'adore et que rien d'autre ne compte. Je t'aime, pour ta bonté, ton esprit, ton âme et... pour toi-même ajouta-t-elle en rougissant.

Ses grands yeux noirs scintillaient et ses cils battaient pour éclaircir sa vue obstruée par les larmes. Par instinct, elle s'était rapprochée de lui, et l'avait empoigné au bras avec tant de fermeté que Luc en ressentit un malaise. Hélène, si réservée, si pudique, l'embrassa derrière l'oreille. Elle murmura :

— Peu importe mon père, je suis à toi pour toujours.

Ces mots hardis la surprirent elle-même. Jamais elle ne s'était affirmée avec tant d'audace. N'avait-elle pas vingt ans? Les mots de sa mère revinrent : «Hélène, le bonheur est un devoir. Ne laisse personne...» Le reste s'escamota dans son esprit. Le mot «personne» suffisait à représenter de façon très concrète son père.

C'est ainsi que, réconfortée par la présence puissante de Luc dans son âme,

Hélène jura en elle-même de mener la bataille jusqu'au bout. Non, ce n'était pas une bataille banale, mais une croisade sainte qu'elle devait poursuivre jusqu'à la victoire. Sa bannière porterait les mots : «Le bonheur est un devoir».

C'est ainsi qu'au bras de Luc, Hélène prit le chemin de l'université en ce beau matin d'avril. Une sève nouvelle coulait en elle. La sève du printemps...

La voix de Luc vint la sortir de cette motivation intérieure dont elle se grisait déjà.

— Si je ne me trompe pas, tu as un cours ce soir de huit à dix heures?

— Oui. Et quel cours ennuyeux que celui-là!

— Alors, voici ce que je te propose. Tu connais la petite librairie au coin des rues Aubin et James. Tu sais, près du restaurant «Trois étoiles»?

— Oui, je sais où.

— Attends-moi là à sept heures et demie et, au lieu de te rendre à ton cours, nous irons chez moi. Ma mère a bien hâte de faire ta connaissance...

— Je ne sais pas trop...

Puis, se ressaisissant à l'idée de sa nouvelle croisade, elle reprit courage. Elle devait apprendre désormais à foncer, à agir comme elle n'avait jamais songé à le faire. Sans plus réfléchir, elle dit, presque joyeusement :

— Oui, Luc, j'irai. Ça me fera plaisir de rencontrer ta mère.

Tout aventureuse, Hélène se plaisait dans son nouveau rôle de contestataire.

De son côté, Luc jubilait en son for intérieur. Il avait eu si peu à faire pour la convaincre, qu'en bon psychologue, il comprit que ce changement subit chez elle venait beaucoup plus d'elle-même, de son besoin de liberté refoulée, que de ses paroles à lui.

Ce soir-là, ses livres sous le bras, Hélène rencontra Luc devant la librairie. Cette première fugue lui donnait un air bizarre, à la fois d'espièglerie et d'inquiétude, qui plut à son prétendant.

Bras dessus, bras dessous, ils pénétrèrent dans un quartier que la jeune fille ne connaissait pas. Elle l'avait seulement entrevu. En passant par là, un jour, son père lui avait dit : «C'est ici que demeurent les petites gens. La plupart de mes employés restent dans ce quartier».

Elle se garda bien de faire des remarques sur les maisons mais ses yeux, non habitués à la pauvreté, s'accrochaient à certains détails : des maisons tassées les unes contre les autres, des perrons aux marches souvent branlantes donnant sur la rue, de petites bandes de parterre d'à peine deux mètres, des autos garées dans des entrées boueuses, des maisons si proches des trottoirs que leurs fenêtres étalaient, aux yeux des passants, des salons ou des cuisines exigus. Ces demeures à quatre, six, huit logis, allant du sous-sol au grenier, la surprirent. Et ces escaliers à angles aigus qui se subdivisent tout à coup pour se diriger vers une autre porte située en un recoin presque impensable. La maison de son père était aussi grande qu'une de celles-ci qui logeait huit familles!

À la fois curieuse et mal à l'aise, Hélène allait d'une découverte à l'autre. Elle se rapprocha de Luc, l'entoura de son bras, en un geste de tendresse.

— Ce n'est pas chic comme dans ton quartier, fit-il.

— Peut-être bien, mais celui-ci garde un cachet particulier, répliqua Hélène d'une voix qui se voulait convaincante.

— Mon père, confessa Luc, buvait souvent ses payes. Ma mère dut faire des miracles pour arriver à nous nourrir. Quelquefois même, lorsqu'elle nous annonçait qu'on allait rendre visite à mon oncle, c'était que nous manquions de nourriture. Nous partions alors, joyeux, pour une journée à la ferme. Mon frère Jean et moi ne comprenions pas trop ce qui se passait. Oncle Alfred, qui connaissait nos difficultés, nous ramenait le soir dans sa camionnette. Et, par hasard, il disait toujours qu'il avait trop de tout : de légumes, de fruits, et même trop de bœuf dont il faisait boucherie. Nous revenions à la maison chargés d'une véritable corne d'abondance.

Luc regarda Hélène qui l'écoutait en silence. Elle avait les yeux vagues et son esprit inventait une foule d'images magiques à chaque mot. Elle se contenta de lui serrer le bras d'un geste d'affection compatissante.

— Un jour, mon père revenait à la maison, tard dans la nuit, ivre comme d'habitude. Il eut un grave accident d'auto, dont il resta paraplégique. J'avais alors seize ans. La maigre pension d'invalidité qu'il recevait, minée par ses dépenses de boisson, ne permettait pas de maintenir notre pauvre niveau de vie, qui baissa encore. C'est alors que j'ai quitté l'école pour aller travailler dans une usine de coton. À «la coton», comme on l'appelait dans le quartier. J'ai détesté chaque jour passé là, mais je pouvais enfin m'habiller convenablement et aider à nourrir la famille. Mon frère Jean fit de même et nous avons survécu, pas vraiment vécu Hélène, car mon père, qui comptait sur nous pour acheter la nourriture et payer le loyer, en profitait pour boire davantage. Deux ans après son accident, il mourut d'une cirrhose du foie.

Après cette mort, nous avons pu vivre plus à l'aise, mais pas trop richement. Étant donné l'inflation et nos petits salaires, nous restions pauvres. Durant ces temps difficiles, Hélène, je me suis promis de sortir de cette misère. Au secondaire, j'avais suivi des cours de comptabilité que j'avais bien réussis. C'est pourquoi, depuis quatre ans, je suis des cours du soir dans ce domaine. Ce n'est certes pas comme étudiant à temps plein à l'université, comme les riches, mais bientôt je serai bachelier en comptabilité. Mon travail à la société Lanctot m'aide considérablement. L'expérience vaut bien des cours.

Luc s'était tellement absorbé dans son récit qu'il avait oublié la longueur de la route, et Hélène hâtait le pas pour suivre sa foulée rapide.

— Chéri, ralentis un peu, dit-elle, tout essoufflée.

— Excuse-moi, répondit Luc avec un petit rire. J'ai l'habitude de marcher seul et ça ne traîne pas. De toute façon, nous arrivons. C'est la maison blanche, ici.

Hélène s'arrêta, déconcertée. Son Luc demeurait dans une de ces masures. Elle acceptait pour des personnes anonymes, mais Luc!

Pour entrer dans la maison, elle se dirigea instinctivement vers la porte de la rue. Luc l'entraîna dans l'entrée étroite, entre deux maisons, jusqu'à l'arrière. Là, devant un garage délabré, montaient des marches de bois jusqu'à une porte dont la peinture s'écaillait et se boursouflait en grosses cloques. Hélène revit en sa mémoire le vent jouer, devant leur demeure, avec l'écorce de l'immense bouleau qui muait.

Luc ouvrit la porte grinçante et le couple pénétra dans une sorte de balcon fermé par des fenêtres closes à l'aide de crochets rudimentaires. Le plancher, recouvert d'un linoléum usé, laissait voir, par endroits, l'ancien tapis demeuré en-dessous. D'un côté, des tablettes de bois rugueux, qui allaient du plancher aux fenêtres, étalaient une panoplie d'objets hétéroclites. De l'autre côté, régnait un vieux canapé décoloré. Au bout, près de la porte, sur un tapis de caoutchouc, étaient alignées bottes d'hiver et autres chaussures. Luc s'y arrêta, enleva les siennes qu'il plaça en ordre après la dernière paire.

Une dame dans la soixantaine, alertée par les bruits de pas sur le balcon, ouvrait déjà la porte aux arrivants.

— Bonsoir, mademoiselle. Allez, entrez, dit-elle avec un sourire chaleureux qui mit Hélène à l'aise.

— Bonsoir, madame, répondit la jeune fille en entrant dans la cuisine étroite.

— Maman, je te présente Hélène Casgrain. Hélène, voici ma mère, fit Luc courtoisement.

— Que je suis contente de vous rencontrer. Luc m'a dit tellement de belles choses de vous, ajouta madame Tremblay avec une simplicité naturelle.

— Vous me faites rougir, madame. Mais, que ça sent bon chez vous! dit la visiteuse.

— Je suis en train de faire cuire des petits pains. Tout à l'heure, Jean arrivera de son travail, affamé.

Tout en parlant, madame Tremblay avait pris Hélène par le bras et l'entraînait vers le salon, comme si elles avaient été des amies de longue date. Hélène était surprise et heureuse d'être accueillie si aimablement par cette femme sans prétention.

Chaque geste semblait venir droit du cœur, sans arrière-pensée, sans formule de politesse artificielle, sans décorum. Quelle différence avec les présentations guindées de la maison Casgrain, ces paroles affectées et ces gestes calculés.

Elle se sentait à l'aise et put observer, d'un coup d'œil rapide, l'appartement. Tout était propre, d'un ordre impeccable mais pauvre et d'une simplicité élémentaire. Le mobilier rudimentaire, les linoléums luisants, les rideaux modestes, les murs inégaux, peints avec économie, toute cette sobriété surprenait Hélène.

Accoutumée à une demeure spacieuse, elle ne pouvait se faire à ce logis exigu. Même les meubles étaient de dimension réduite afin de respecter les règles élémentaires de l'espace vital. On devait vivre, ici, rapprochés les uns des autres, et non se perdre dans l'anonymat d'une maison immense.

Par une porte entrebâillée, Hélène voyait une chambre à coucher. C'était sans doute celle de Luc, car elle était meublée d'un bureau, menu lui aussi, collé contre un mur entre le lit et la fenêtre. Des livres ouverts témoignaient d'un travail en cours. Luc, ce soir, se permettait un congé pour l'inviter.

— Mon fils me dit que vous étudiez à l'université, remarqua la mère, pour lancer la conversation.

— Oui, je finis mon baccalauréat en gestion des affaires. Cela ressemble beaucoup aux cours de Luc, ajouta-t-elle avec modestie.

La conversation qui suivit, à bâtons rompus, fut détendue. Hélène, bien que dépaysée dans ce lieu qui ne cessait de l'intriguer, se sentait bien à l'aise en compagnie de Luc et de sa mère qui la recevait avec la grâce qu'on nomme sincérité.

Aussitôt que la conversation tombait, madame Tremblay, en vraie Canadienne issue d'une famille paysanne franco-ontarienne, se rendait à la cuisine et en rapportait des gâteries. En premier, ce fut un petit verre de son vin de pissenlit. Hélène en connaissait l'existence par ses lectures du terroir, mais ce n'est certes pas dans les soirées bourgeoises qu'elle en aurait goûté. Ses joues s'empourprèrent et elle fut envahie d'une douce chaleur après avoir bu ce vin sucré. Elle parlait maintenant avec plus de volubilité et goûta successivement au sucre à la crème, aux carrés aux dattes et aux petits pains chauds, dorés de beurre fondant, qui embaumaient l'appartement d'un parfum

Hélène se sentait bien à l'aise
en compagnie de Luc et de sa mère
qui la recevait avec la grâce qu'on nomme sincérité

agréable. À chaque nouvelle gâterie, elle disait n'avoir plus faim mais, devant l'insistance bienveillante de madame Tremblay, elle en prenait une autre, la dernière étant encore meilleure que la précédente. Hélène en faisait la remarque à son hôtesse qui en rougissait, tout en ajoutant que c'était bien peu et qu'elle n'avait pas bien réussi.

Vers neuf heures et demie, la mère tendit l'oreille et dit tout à coup :

— C'est Jean qui arrive.

Et, comme si elle avait été propulsée par un ressort, elle alla accueillir son fils à la porte et l'avertit tout bas :

— On a de la visite.

Jean se présenta au salon à côté de sa mère. Hélène fut ébahie par sa ressemblance extraordinaire avec Luc.

— Mademoiselle Hélène Casgrain, je vous présente mon garçon Jean, dit madame Tremblay sans cérémonie.

Jean s'avança et tendit la main à la jeune fille en ajoutant :

— Enchanté de faire ta connaissance, Hélène.

Celle-ci le salua courtoisement et ne put s'empêcher d'être magnétisée par le regard profond du jeune homme. Elle demanda :

— Mais vous êtes sûrement des jumeaux, Luc et toi, pour vous ressembler à ce point?

— Oui, répondit pour lui la mère, visiblement fière de ses deux fils. Des jumeaux identiques.

D'une gaieté toute fruste, Jean ajouta :

— Oui, on se ressemble tellement qu'en me levant le matin, je dois vérifier le nom brodé sur mon couvre-pieds pour savoir si je suis Jean ou Luc. Et tout le monde rit de ce trait d'humour de Jean.

— Maintenant, enchaîna-t-il, je vais prendre mon bain et ensuite manger. Je viens de faire des heures supplémentaires et je n'ai pas encore soupé. J'ai l'estomac dans les bottines.

Son rire facile tonna de nouveau, alors qu'il se dirigeait vers la salle de bain.

La conversation reprit au salon. On entendit l'eau chassée des toilettes, puis l'eau de la douche. Hélène, peu habituée à des sons aussi privés, se sentit gênée, mais elle vit que Luc et sa mère n'en faisaient aucun cas. Elle s'étonnait encore de la vie intime et intense qui se déroulait dans cette pauvre demeure.

Lorsque Jean revint au salon, rasé de près, propre et bien habillé, elle ne put s'empêcher de l'admirer. Si les deux frères

se ressemblaient comme deux gouttes d'eau,
Jean se distinguait par sa chaleur. Elle le
compara, en son esprit, à Luc, toujours réservé, pensif et plutôt énigmatique.

Hélène n'en revenait pas de voir Jean
engouffrer des petits pains chauds et des
sucreries avec un tel appétit. Et ça, en
attendant le steak que sa mère s'empressait
de lui faire frire à la cuisine.

Des odeurs de cuisine, Hélène n'en
avait guère senties. Les domestiques, chez
elle, gardaient les portes de la cuisine fer-
mées et des hottes aspiraient l'odeur à l'extérieur. «Une maison de riche ne doit pas
sentir la cuisine», pensa-t-elle. «Quelle
anomalie!»

Luc, toujours pratique, regarda sa montre et fit remarquer à Hélène :

— Il est presque dix heures. Ton cours
finit bientôt...

Hélène revint à la réalité dont elle s'était
échappée depuis presque deux heures. Elle
en ressentit un pincement au cœur, en se
disant cependant qu'elle devait jouer son
rôle.

— Je vais appeler un taxi, dit Luc en se
levant.

Au salon, il annonça :

— Le taxi sera ici dans cinq minutes.

Il tendit à Hélène son manteau et l'aida à l'enfiler. Lui-même mit le sien et l'accompagna à la cuisine.

— Vous partez déjà! se plaignit sincèrement madame Tremblay.

— Malheureusement, oui. J'ai un cours à neuf heures demain matin, prétexta Hélène, et je ne dois pas me coucher trop tard.

— Revenez nous voir bientôt!

À ces mots, madame Tremblay la serra affectueusement dans ses bras. Maternelle, elle lui conseilla :

— Boutonnez bien votre manteau, le temps est cru. Je ne serais pas surprise qu'il gèle cette nuit.

On entendit le klaxon d'une voiture.

— C'est le taxi, annonça Luc en ouvrant la porte du balcon.

Les bonsoirs fusèrent, et le jeune couple descendit rapidement l'escalier.

— Ta mère est formidable, Luc.

Luc sourit. Il avait bien calculé encore une fois. Hélène avait été charmée par sa mère et cela aiderait ses plans.

Chapitre IV

PENDANT les semaines qui suivirent, Luc et Hélène multiplièrent leurs rendez-vous.

Monsieur Casgrain, toujours à ses affaires, avait presque oublié l'ordre donné à sa fille, mais non sa promesse de la faire participer aux mondanités de leur classe.

C'est à regret qu'Hélène se prêta à quelques sorties. Chaque fois, elle comparait ces réceptions pompeuses à l'accueil tout simple de madame Tremblay dans son humble appartement et préférait de loin ce dernier.

Tout en se montrant polie envers les hommes que son père lui présentait, Hélène s'en fatiguait vite. Leur vantardise et leur snobisme lui déplaisaient. Ils étaient bien loin de l'attitude réservée de Luc et du naturel franc de Jean. D'ailleurs, malgré son amour loyal pour Luc, Hélène se surprenait souvent à revoir, en instantanés, le beau visage souriant de Jean, et à entendre son rire chaud.

La cantine de l'université était l'endroit idéal et anonyme où se poursuivaient les rencontres des deux amoureux. Mais, lorsque les cours prirent fin en mai, le couple dut faire appel à l'imagination pour continuer à se voir. Les domestiques de la maison furent surpris de la soudaine coquetterie d'Hélène. Plutôt sobre, habituellement, dans l'achat de vêtements, elle renouvelait maintenant toute sa garde-robe. Ces emplettes au centre-ville n'étaient qu'un prétexte pour aller retrouver Luc. En outre, ses visites fréquentes à la bibliothèque publique, en soirée, servaient au même stratagème.

Hélène fut abasourdie lorsque son père annonça, un soir, que sa cousine Françoise, la fille de sa tante, sœur de son père, venait passer quelques semaines de vacances chez eux. Déjà, Hélène se voyait prise par sa compagnie, éloignée de Luc. Il lui faudrait davantage de prudence afin d'éviter que son père n'apprenne leur secret.

Françoise arriva le lendemain. Hélène la connaissait, certes, mais si peu. En effet, son oncle n'étant pas aussi riche qu'eux, les deux familles ne se fréquentaient qu'aux occasions où les rencontres sociales de la parenté l'exigeaient. Cette fois-ci, Henri Casgrain négociait un sous-contrat avec son beau-frère. Il crut donc dans ses intérêts d'inviter sa nièce. Ainsi, il feignait de renouer avec cette famille qu'il avait toujours regardée de haut.

Monsieur Casgrain avait conseillé à sa fille d'être une hôtesse parfaite pour sa cousine, d'autant plus qu'Hélène était la seule femme de la maison.

Hélène accepta sans manifester son déplaisir. Elle en avait parlé à Luc qui, après mûre réflexion, lui avait suggéré de se plier aux exigences de son père sans rien laisser paraître. Il lui avait promis de la rencontrer à la bibliothèque où ils échangeraient secrètement des lettres et quelques mots si c'était possible.

En réalité, la présence d'Hélène ne manquerait pas beaucoup à Luc; celle-ci ne représentait qu'un élément de ses plans à long terme. Il s'était même tracé un calendrier d'étapes à franchir jusqu'au jour où, la sentant prête à affronter son père sans fléchir, ensemble ils lanceraient la grande offensive, un arrangement conciliant son entrée dans cette famille par un mariage et, par le fait même, son ascension sociale.

Tout ce dont il lui fallait s'assurer pendant cette période était qu'Hélène continue à l'aimer. Au fond, une séparation forcée aiderait sans doute sa cause. «Rien comme une épreuve pour faire grandir l'amour», se répétait-il sentencieusement. Il verrait Hélène régulièrement et lui glisserait des lettres enflammées qui ne manqueraient pas de maintenir cet amour bien vigoureux.

Hélène fut agréablement surprise par sa cousine. Elle était non seulement jolie, mais d'un caractère fort agréable. Surtout, elle n'avait pas cet air caractéristique de bien des jeunes filles de famille riche. Elle se rappela que son oncle Hector était d'une aisance relative, mais avait toujours gardé une bonhomie tout à fait naturelle. À son image, sa fille était, elle aussi, franche et simple.

Dès les premiers jours, les cousines s'entendirent à merveille. Hélène, enfant unique habituée à la solitude, se plaisait en compagnie de Françoise. Elles multipliaient les sorties, visitant les musées, le jardin botanique, des galeries d'art.

Et, comme font toutes les jeunes filles, Françoise confia à sa cousine ses secrets d'amour et ses espoirs d'avenir. Rassurée par ces confidences, Hélène en vint au grand aveu. Toute confiante dans sa cousine, elle lui raconta ses rencontres avec Luc en dépit des interdictions de son père.

Aussitôt, Françoise, dans un élan d'amitié véritable pour sa cousine, offrit de lui venir en aide. Le même soir, les deux complices se rendirent à la bibliothèque rencontrer Luc. Celui-ci fut surpris et quelque peu fâché de voir qu'Hélène avait fait confiance aussi rapidement à sa cousine en lui dévoilant leur secret.

— Rassure-toi, Luc. Françoise est discrète et une amie de cœur, garantit Hélène.

De toute façon, c'était fait, et trop tard pour être défait. Luc s'était habitué à ne pas s'attarder aux événements sur lesquels il n'avait pas de prise, mais à en considérer les effets sur l'avenir. Aussi jugea-t-il froidement le fait accompli en s'efforçant d'en découvrir les avantages.

Françoise lui semblait intelligente et elle pouvait devenir une auxiliaire dans tous ses plans. Comme en affaires, les imprévus aident souvent au bon déroulement d'une transaction. Hélène reprit :

— Mes nombreuses visites à la bibliothèque deviennent quelque peu suspectes. Je me méfie de notre domestique Jacques. Il est sûrement le rapporteur de papa.

Déjà, Luc songeait à une autre façon de se retrouver.

— Nous devons aller au cinéma mercredi, annonça Hélène. Elle savait que Luc inventerait une sortie à cette occasion.

L'idée du cinéma plut à Luc. La rencontre serait possible, à condition d'être prudents.

— Au sortir de la salle, toutefois, il faudra nous séparer pour ne pas être vus ensemble, conseilla-t-il.

Hélène jugea ce détail un peu superflu, mais acquiesça.

Après quelques sorties de ce genre, Françoise confia à sa cousine qu'elle se sentait comme un chaperon embarrassant.

— J'ai l'air folle, toujours seule avec vous deux, avait-elle fait remarquer.

— Luc a un frère jumeau. Je vais lui en parler et peut-être que...

Hélène ne finit pas sa phrase. Un sourire de connivence entre les deux cousines l'acheva.

Luc accueillit mal cette idée. Certes, il avait laissé entendre à son frère et à sa mère que monsieur Casgrain désapprouvait leurs fréquentations, mais rien de plus. Il n'était pas une personne à s'abandonner aux confidences. Les jours suivant la visite d'Hélène chez eux, il avait répondu de façon évasive aux questions de Jean au sujet de la jeune fille.

Lorsqu'il devenait très sérieux, le visage impassible, et ses mouvements mécaniques, Hélène savait que Luc calculait. Elle admirait son sang-froid et sa logique qui contrastaient avec son émotivité à elle...

— Je verrai, finit-il par répondre. Tout dépendra de Jean.

Il voulait se donner plus de temps pour réfléchir. Était-il bon que Jean soit au courant de la nature secrète de ses rencontres? L'idée l'humiliait quelque peu. D'autre part, si Jean en venait à s'attacher à Françoise... Une partenaire dans une famille aisée ne serait pas à dédaigner. Il lui fallait penser à l'avenir. C'était un jeu de longue haleine mais, en affaires, il faut prévoir les mauvais coups, consolider ses chances et amadouer ses partenaires.

Ainsi, deux jours plus tard, Jean et Françoise accompagnaient Luc et Hélène à la plage. Quel après-midi magnifique! Le soleil chauffait le sable blond, tandis que le fleuve au repos venait le rafraîchir de ses longues lames.

Jean, le boute-en-train du groupe, ne cessait de bouger. Déjà bien à l'aise avec Françoise et Hélène, il communiquait sa bonne humeur. Les farces fusaient et les jeunes filles enchaînaient avec entrain. Seul Luc, toujours sérieux, suivait sans trop d'ardeur. Il était évident qu'il ne savait pas s'amuser, trop absorbé par quelque combinaison énigmatique.

Après un léger goûter, les deux couples s'allongèrent et se laissèrent bronzer au soleil.

Un quart d'heure s'était à peine écoulé que Jean n'en pouvait plus. Il s'indigna :

— Allons-nous rester au soleil comme des lézards toute la journée? Qui vient se baigner?

— Allons-y, s'écrièrent les deux filles.

— Il est très tôt après avoir mangé, Jean. Tu ne crois pas qu'il serait bon d'attendre? conseilla Luc.

— Bah! nous n'allons que barboter au bord de l'eau, pas faire de la nage olympique!

En un clin d'œil, tous furent debout, à l'exception de Luc qui se faisait tirer l'oreille. Enfin, à contrecoeur, il suivit le trio enthousiaste. Jean, arrivé le premier, arrosait les deux filles qui, avec des cris de surprise, s'éloignaient de cette douche froide. Françoise, de nature plus hardie, répliqua la première en éclaboussant Jean. Hélène entra dans le jeu. Luc, à l'écart, regardait ces ébats qu'il jugeait enfantins. Enfin, Jean plongea dans l'eau plus profonde et nagea énergiquement en s'éloignant de ses adversaires de jeu. Hélène se retourna vers Luc et l'arrosa, mais, devant l'air réprobateur de celui-ci, elle cessa. S'approchant de lui, elle le prit par le bras et l'entraîna lentement vers sa cousine qui, près de Jean, pataugeait maintenant en eau moins profonde.

Après quelques instants, Luc déclara :

— L'eau est trop froide, je retourne à la plage.

— Non, reste, on s'y habitue, puis elle est agréable, reprit Hélène.

— Amusez-vous sans moi pour le moment, mon repas me fatigue. Je ferais mieux d'aller m'asseoir, prétexta-t-il, et il se dirigea vers la plage. Hélène, solidaire, le suivit.

— Non, amuse-toi. Je reviendrai quand je me sentirai mieux.

— Tu en es certain?

— Oui, oui, reste! Je t'assure que ça ira.

Hélène, fille unique, raffolait de ces jeux en compagnie de Françoise et de Jean. C'est pourquoi elle ne se fit pas prier davantage pour retourner près d'eux.

— Où est Pépère? demanda Jean avec ironie.

Hélène comprit que Jean parlait de son frère et répondit :

— Il est allé se reposer, son estomac le fait souffrir.

— Lui, il travaille trop. C'est pourquoi ses ulcères le rongent.

— Luc a des ulcères? Il ne me l'a jamais dit.

— Mon frère n'est pas fort en confidences. Tu devras lui montrer comment relaxer un peu.

— J'y verrai, sois-en certain.

— Venez, vous autres, cria Françoise. Le dernier rendu au radeau est un raté!

Elle nageait à pleines brassées, certaine que les deux autres relèveraient le défi.

En effet, Jean et Hélène suivaient.

Robuste et habile, Jean eut vite fait de dépasser Françoise. Par contre Hélène, moins agile, demeurait bonne troisième, malgré ses efforts soutenus. Elle entendit Jean crier. Évidemment, il avait gagné.

Soudain, Hélène fut prise d'une crampe violente à la jambe. Elle s'arrêta pour tenter de se reposer. L'eau profonde en cet endroit ne lui permettait pas de s'arrêter. Elle sombra et son souffle haletant lui fît avaler une gorgée. Prise de panique, la nageuse remonta à la surface. Elle toussait et gesticulait désespérément.

Jean, de son poste de vainqueur sur le radeau, la vit se débattre. Il plongea pour aller la secourir.

— Agrippe-toi à mes épaules, ordonna-t-il. Ne panique pas, nous sommes en sûreté, ajouta-t-il pour la sécuriser.

En quelques brassées, Jean la ramena en un endroit moins profond. Au grand soulagement d'Hélène, ses pieds touchaient maintenant le fond.

Elle toussait toujours, le visage crispé de douleur par cette crampe persistante.

Jean la souleva et la transporta sur le sable de la plage. Il l'y déposa et frictionna énergiquement sa jambe.

— Pour l'amour de Dieu, qu'est-ce qui t'arrive? s'exclama Françoise, hors d'haleine, en arrivant sur les lieux.

— Ce n'est rien, répondit Jean, maître de la situation. Juste une crampe. Ça va partir bientôt.

— Oui, ça va mieux, confirma Hélène, qui s'efforçait de sourire.

Jean frictionnait toujours le mollet.

Hélène, maintenant plus émue qu'apeurée, observait la figure de Jean. Visiblement

inquiet, il feignait l'assurance pour récon-
forter la victime.

— Tu ne devrais pas boire de cette eau.
Elle n'a pas été purifiée et pourrait contenir
des bactéries nocives, conseilla Jean d'un
ton badin.

Son naturel jovial reprenait le dessus,
même en une occasion tragique. Sauveteur
et rescapée se mirent à rire, mais non
Françoise, encore saisie de frayeur.

— Eh! toi, referme la bouche, tu vas
avaler des moustiques! lui lança Jean pour
la détendre.

— J'ai eu si peur, balbutia-t-elle.

— Ce n'est rien, la voilà sauvée. Une
autre noyade évitée par le maître nageur, dit
Jean, enjoué.

Ils rirent tous les trois et l'incident prit
fin sur cette note joyeuse.

— Retournons voir Pépère, ajouta Jean.

Hélène avait oublié celui-ci. Les yeux
rivés sur son sauveteur, elle se sentait
presque déçue de retourner vers Luc.

Jean se pencha vers elle et, touchant
son épaule, il lui avoua avec un sérieux surprenant :

— Ça va maintenant? J'ai eu peur, tu
sais...

— Oui. Merci, Jean...

Et leurs regards s'unirent en un échange que seuls les yeux savent communiquer.

Françoise comprit qu'elle était témoin d'une communion dont elle ne faisait pas partie. En bonne cavalière, elle fit semblant de s'éloigner du couple pour secouer du sable de sa serviette de bain.

Les trois jeunes gens échangèrent des regards amusés. Luc, tout à son travail, activait sa calculatrice de poche et noircissait de chiffres un bout de papier...

Luc, tout à son travail,
activait sa calculatrice de poche
et noircissait de chiffres un bout de papier.

Chapitre V

AINSI se passa le mois de juillet. L'été, splendide, permit aux quatre jeunes gens de faire de nombreuses sorties, randonnées à bicyclettes autour du lac, marches paisibles sur les sentiers en pleine nature, pique-niques à la plage.

Henri Casgrain se réjouissait que sa fille ait oublié Luc aussi facilement et serve d'hôtesse idéale à sa cousine Françoise. Il n'était pas sans remarquer la mine réjouie d'Hélène et la bonne santé que lui procuraient ses nombreuses excursions en plein air en compagnie de sa cousine. Intérieurement, Henri se félicitait d'avoir évincé ce blanc-bec de Luc qui ne cadrait pas avec sa famille. Au mois de septembre, Hélène reprendrait ses études pour sa dernière année. Lorsqu'elle aurait terminé, il lui trouverait bien un poste dans sa société. Fille unique, elle devrait un jour lui succéder. Mais cette idée ne lui plaisait pas. Une femme à la tête d'une entreprise aussi importante... Aurait-elle la main assez puissante, la volonté assez tenace, enfin, aurait-elle cette froideur logique qu'il faut dans la gestion des affaires? Aucune place ici pour les sentiments; il faut être implacable envers ses adversaires. Hélène aurait-elle cette main de fer?

Henri chassa bien vite ces idées grises. À cinquante-quatre ans, il se sentait dans la force de l'âge. Il avait bien, estimait-il, une quinzaine d'années actives devant lui. Hélène aurait alors presque trente-cinq ans et déjà bien du temps passé sous sa direction pour se faire la main à l'administration.

Il sourit. Oui, pourquoi s'en faire? L'avenir arrangerait tout.

C'est Jacques, son valet, qui vint le soustraire à ses réflexions. Grand, mince, le visage étroit et long, le nez pointu, les yeux mobiles, le domestique avait des airs de fouine.

Il s'approcha en se tordant les mains comme s'il les essorait. Il se comportait ainsi lorsqu'il se sentait embarrassé et avait quelque chose d'important à annoncer à son maître. Protocolairement, il s'arrêta à plusieurs pas de son patron, attendant que celui-ci daigne, le premier, lui adresser la parole.

— Avance, Jacques. Qu'y a-t-il?

— Monsieur aurait-il quelques minutes pour m'écouter?

— Bien sûr, Jacques, parle.

— Vous savez que je suis à votre service depuis plus de vingt ans. Toujours, je vous suis demeuré fidèle.

Il s'arrêta, de plus en plus embarrassé, sans savoir par quels mots commencer.

— Vas-y, parle avec confiance. Je sais que tu es fidèle. Tu es bien payé pour l'être d'ailleurs...

— Bien, c'est à propos de votre fille...

— Qu'est-ce qu'elle a, ma fille?

Henri le regarda d'un air inquisiteur, tout en abaissant sa tasse de café, qu'il prenait toujours après le souper, pendant qu'il lisait le journal financier.

— Elle a une attitude singulière depuis quelque temps. Toujours souriante, elle rit et parle sans cesse avec sa cousine, mademoiselle Françoise. Elle sort beaucoup aussi et s'achète de nombreux vêtements... ce n'est pas dans ses habitudes...

— C'est naturel qu'elle parle plus. Elle n'avait jamais personne avec qui converser avant que Françoise n'arrive, plaisanta Henri, dans une boutade à son domestique qu'il trouvait fidèle, il est vrai, mais assez sinueux et souvent maniéré.

Du haut de sa supériorité, monsieur Casgrain commanda :

— Verse-moi une autre tasse de café, Jacques.

Pendant l'opération, le maître en profita pour tourner sa page de journal. Il sortit un cigare d'un petit étui de bois sculpté.

— Il y a plus, monsieur Casgrain.

— Fais vite, Jacques, dis-moi ce que tu as à me dire, j'aimerais lire mon journal.

Le valet chercha ses mots, malgré l'insistance de son maître, et ajouta avec détermination :

— Même s'il est vrai que votre fille s'est épanouie depuis l'arrivée de sa cousine, mademoiselle Françoise, elle s'est épanouie autrement aussi...

Il s'arrêta. Ses yeux explorèrent l'attitude de son patron, puis il s'affaira à mettre de l'ordre, afin d'ajouter du suspense à ce qu'il affirmait.

Henri Casgrain, qui connaissait bien la manière d'agir de son employé, fit comme s'il n'avait pas saisi l'allusion. En tout temps, il devait se montrer supérieur à ses subalternes et ne jamais céder à leurs manigances.

— Enfin, ajouta Jacques, vaincu par le silence, en faisant mes emplettes aujourd'hui, j'ai cru apercevoir mademoiselle Hélène avec un certain jeune homme que j'ai déjà vu ici...

Ces mots piquèrent la curiosité d'Henri. Son journal obstruait son visage, mais la fumée de son cigare cessa de monter en nuages gris.

Jacques esquissa un sourire. Il connaissait bien son maître et jouait de ruse avec lui.

— Monsieur veut-il autre chose avant que je me retire? Plus de café peut-être?

— Non. Quel garçon parlait avec ma fille, Jacques? demanda Henri en abaissant son journal.

— Je ne le connais pas trop. Il n'est venu ici qu'une fois. Vous m'aviez demandé de vous le dire s'il revenait.

Il fit mine de chercher son nom. Jacques n'oubliait jamais un nom...

— Pas le jeune Tremblay, toujours? s'exclama le père avec indignation.

— Oui, celui-là même, monsieur. Et je crains qu'ils se voient assez fréquemment. Souvent, mademoiselle Françoise et mademoiselle Hélène cessent de parler lorsque je m'approche d'elles, mais j'ai cru comprendre, par les mots qu'elles se disent à couvert, quelques cachotteries.

— Pourquoi ne me l'as-tu pas dit avant?

— Juste des soupçons, monsieur. Je ne voulais pas vous rapporter des commérages sans fondement. Mais aujourd'hui, je les ai vus. Monsieur Tremblay a même tenu la main de mademoiselle Hélène et semblait lui parler plutôt intimement...

Un instant, Henri Casgrain demeura silencieux. Il déposa son journal et écrasa son cigare d'une façon qui en disait assez sur ce qui se passait dans son cerveau.

— Tu peux disposer, Jacques. Rapporte-moi tout ce que tu pourras découvrir à ce sujet. Sois discret.

— Oui, monsieur.

Alors que son valet s'éloignait, il ajouta :

— Et... prends ceci...

— Merci. Monsieur est trop généreux.

Jacques s'éloigna, aussi dignement que possible. Aussitôt derrière la porte qu'il referma avec minutie, il regarda ce que le maître lui avait donné. Un beau billet de vingt dollars s'étalait dans sa main...

★

À son bureau, le lendemain matin, Henri vaquait à son travail mais, à l'encontre de ses habitudes, sa fille revenait sans cesse hanter sa pensée. S'agissait-il de racontars de la part de son valet? Certes, Jacques les avait vus ensemble, mais combien sérieuse était cette conversation? Se voyaient-ils régulièrement? Ces questions sans réponse le rendaient bourru.

«Je veux en avoir le cœur net», dit-il tout haut. Et, d'un geste brusque, il pressa le bouton de l'interphone pour appeler sa secrétaire.

— Oui, monsieur...

— Louise, viens ici.

— Tout de suite, monsieur.

Elle entra, son carnet de dictée à la main.

— Louise, tu te souviens du détective que j'ai embauché il y a deux ans pour l'affaire Lalonde... quel est son nom à celui-là?

— Hum... je ne me souviens plus, mais je peux le trouver dans le dossier Lalonde, si vous voulez.

— Oui, cherche-le et reviens aussitôt me dire ce que tu auras trouvé! En attendant, fais entrer Tombretti. Je veux lui parler dans le creux de l'oreille à ce fainéant-là.

— Oui, monsieur.

Sans même regarder sa jolie secrétaire, le patron fouillait déjà dans des documents. Louise comprit que les choses ne tournaient pas rond et que Tombretti allait subir les foudres de la mauvaise humeur du directeur.

Malgré la porte close, Louise entendit des éclats de voix. Elle dénicha la documentation demandée.

Enfin, Tombretti, le visage en feu, sortit en marmonnant des jurons en italien.

Louise pénétra sans trop d'assurance dans le bureau. Devant monsieur Casgrain, penché sur un dossier, elle s'aventura à dire :

— Il s'agit du détective Michael Lassner.

— Ah! oui, je me souviens! Communique avec lui. Je veux le voir ici dès aujourd'hui. Et ça presse.

— Tout de suite, monsieur.

Louise sortit sans plus. Elle connaissait son patron. En ces accès de mauvaise humeur, elle se faisait petite.

Vers onze heures, le détective arriva au bureau. Contrairement à l'image que nous donne le cinéma de ces héros, Lassner était un petit homme pansu, portant d'épaisses lunettes qu'il tenait à replacer avec son majeur sur son nez, tout en ouvrant la mâchoire, ce qui donnait à sa bouche une forme d'œuf et à sa moustache abondante celle d'un arc. Comme pour se dissimuler, il ne portait que du gris. Complet gris foncé, chemise gris pâle, cravate de laine gris foncé de la même teinte que le complet... sans oublier son chapeau gris...

— Michael Lassner, dit-il avec un léger accent anglais, pour voir monsieur Casgrain. À ces mots, il présenta sa carte de visite à Louise.

— Veuillez vous asseoir, s'il vous plaît. Monsieur Casgrain sera à vous dans une minute.

Il s'approcha d'un fauteuil. Ses yeux toujours en mouvement semblaient photographier chaque objet du bureau, et surtout la taille bien galbée de Louise qui se sentit intimidée. C'est avec soulagement que, dix minutes plus tard, elle le fit entrer dans le bureau de son patron.

Après la poignée de main d'usage, Henri Casgrain entama la conversation :

— Lassner, tu vas surveiller ma fille Hélène pendant les deux prochaines semaines. Je veux savoir où elle va et qui elle fréquente. Guette surtout un dénommé Luc Tremblay. Je veux savoir s'il la voit régulièrement et s'il a une relation amoureuse avec elle. Tu comprends de quoi il s'agit? Je demeure au 312, rue des Érables. C'est l'adresse de ma fille aussi. As-tu besoin de plus de détails?

— Luc Tremblay?

— Tout ce que je sais de lui, c'est qu'il travaille comme comptable à la société de pâtes et papier Lanctot et associés. Environ vingt ans.

— Je m'occupe du reste. Je vous ferai un rapport au fur et à mesure que j'aurai des nouvelles. Au bureau, je suppose?

— Oui, ça sera plus discret. Y a-t-il autre chose?

Lassner ne fit qu'un geste bien évocateur, se frottant l'index sur le pouce...

— Quels sont tes honoraires?

— Quatre cents dollars par semaine, plus cent dollars pour mes dépenses. La moitié d'avance.

— Ça me va. Bonjour.

Lassner comprit que ces dernières paroles signifiaient son congé. Il partit aussitôt et Casgrain appela Louise pour lui donner les éléments d'un contrat qu'elle devait préparer pour le détective.

Enfin, il se remit au travail, l'esprit libéré.

★

Deux semaines plus tard, en fin de journée, Henri avait sur son bureau le rapport complet du détective. Cinq rencontres d'Hélène et Luc. Conversations intimes, signes évidents d'amitié et même d'amour entre les deux jeunes.

Devant ces faits, Henri Casgrain demeura impassible, du moins extérieurement. En son for intérieur, il bouillait de rage d'avoir été dupé par sa fille qu'il croyait bien docile. Lui qui se faisait obéir par des centaines d'employés, par respect ou par crainte, se voyait bravé par sa propre fille.

«Ça ne marchera pas comme ça! Elle m'obéira ou... ou...» Il bafouillait, ne pouvant choisir de quelle façon il châtierait sa fille. Son poing s'abattit sur son bureau, il se leva, empoigna son imperméable et rentra à la maison à pied, sous la pluie.

Chemin faisant, il tentait de se calmer. Comme dans le commerce, il devait affronter l'adversaire avec calme, malgré ses frustrations. Mais, quelques pas plus loin, il se revoyait tempêter, gesticuler malgré lui, marmonner à voix basse les arguments et les interdictions dont il ferait part à sa fille.

Il arriva enfin, mouillé jusqu'aux os. Il pénétra en coup de vent dans la maison en criant :

— Hélène, viens ici tout de suite!

C'est le valet, Jacques, qui apparut.

— Mademoiselle Hélène n'est pas encore rentrée. Elle a téléphoné pour dire qu'elle soupait avec mademoiselle Françoise au restaurant et rentrerait plus tard, au cours de la soirée.

— Bout de Ch...! fit Casgrain, exacerbé. Elle ne perd rien pour attendre, celle-là. Jacques, je monte prendre mon bain et je redescends souper. Prépare-moi une soupe chaude. Je suis trempé et je ne veux pas prendre un refroidissement.

— Bien, monsieur, fit Jacques en tournant les talons.

Il y avait longtemps qu'il n'avait pas vu son maître dans un tel état.

De son côté, Henri tentait de se calmer. En affaires, il était maître de lui. C'était la première fois qu'il affrontait un vrai problème familial. Jamais sa défunte femme n'avait osé lui déplaire ou le contredire. Et Hélène, jadis si soumise, comment pouvait-elle, à vingt ans, devenir ingrate au point de lui désobéir et, surtout, de jouer dans son dos?

Tout en s'habillant, il se dirigea vers le bar de sa chambre et se versa un double scotch...

★

C'est vers neuf heures seulement que Françoise et Hélène arrivèrent, en parlant fort et en riant. Elles s'arrêtèrent net à la vue de monsieur Casgrain, bien campé au milieu du couloir.

— Bonsoir, fit Françoise, craintive.

— Hélène, j'ai à te parler. Viens à la bibliothèque, ordonna son père d'une voix rude.

— Je... je suis fatiguée, je vais monter à ma chambre, fit Françoise qui ne savait trop que dire tandis qu'Hélène, plus pâle qu'une morte, suivait son père.

Comme toute personne sommée de cette façon, elle soupçonna que c'était pour lui faire des reproches. Et le seul tort dont elle se voyait coupable était d'avoir désobéi à son père en continuant de voir Luc.

— Assieds-toi! fit la voix métallique de son père.

Une éternité sembla s'écouler, pendant laquelle il la dévisagea avant de lui adresser la parole. Hélène refoulait néanmoins ses premiers mouvements de peur, pour retrouver tous les arguments qu'elle avait formulés tant de fois dans son esprit, en prévision de ce moment. Que ses armes semblaient faibles aujourd'hui devant le regard d'acier du juge. Cependant, elle se composa une attitude.

Elle devait combattre malgré la stature imposante de l'adversaire. Une parole, une seule semblait de taille. C'était désormais son étendard : «Hélène, le bonheur est un devoir...» En un éclair, elle revit sa mère mourante lui répéter ces mots qui prenaient une signification toute particulière en cet instant. «Hélène, le bonheur est un devoir. Ne laisse personne te détourner de ton bonheur.» Elle se les répéta à quelques reprises pour raffermir sa position.

— Je sais que tu vois Luc Tremblay régulièrement malgré la défense que je t'en ai faite. Je suis très déçu de ta désobéissance, toi, ma fille unique, en qui j'avais confiance.

Hélène était trop franche et trop intelligente pour nier l'affirmation de son père. Elle savait que s'il l'affirmait ainsi, il en était certain. En un instant, elle revit leur valet, Jacques. Ah! cet espion-là, elle le redoutait depuis longtemps!

— Oui, je vois toujours Luc, reprit Hélène, la tête droite, le visage défiant.

— Tu oses l'avouer aussi franchement!

— Je suis franche, papa, et je n'en ai ni honte ni chagrin.

— Même si tu m'as désobéi?

— J'ai vingt ans, papa, ne croyez-vous pas que j'ai l'âge de choisir mes amis?

— Il n'y a qu'un maître ici et c'est moi, ne l'oublie pas!

Le visage du père avait pris, à ces paroles, un air si autoritaire qu'Hélène le vit non plus avec frayeur comme autrefois, mais plutôt couvert de ridicule.

— Papa, avec tout le respect que je vous dois, je ne puis vous obéir sur un sujet aussi personnel que l'amour.

— Tu aimes ce petit va-nu-pieds?

— Oui, je l'aime et nous avons même projeté de nous marier lorsque mes études seront terminées.

— Vous marier! Juste comme ça! Jamais, ma fille, tu m'entends! Jamais je ne le permettrai!

— J'aurai vingt et un ans bientôt. Je n'aurai plus besoin de votre permission.

— Je... je te déshériterai. Tu n'auras pas part à ma fortune si tu épouses ce petit voyou!

— Luc n'est pas un voyou! Cessez de le traiter de si haut! C'est un jeune homme bon, honnête, travailleur. En plus, il est intelligent et sensible. Je l'aime et il m'aime sincèrement aussi. Je l'épouserai, papa, et personne ne m'en empêchera.

— Et comment vivras-tu avec un petit salaire de comptable, toi qui as connu le luxe et l'abondance depuis ta naissance?

— L'argent n'est pas tout; j'ai un devoir et c'est d'être heureuse. Je ne serai heureuse qu'avec Luc, car je l'aime.

— L'amour, l'amour! ça ne dure pas. Le voyage de noces passé, c'est la réalité de tous les jours qui t'arrive en pleine face. C'est alors que la fortune, le rang et le pouvoir reprennent leurs charmes car ils durent, eux, ils durent aussi longtemps que tu travailles à les conserver.

Sans trop s'en rendre compte, Henri Casgrain venait d'exposer, devant sa fille, le credo de sa vie. La fortune, le rang, le pouvoir, ce dieu en trois personnes qui motivait cet homme depuis toujours. Sa femme, par la fortune qu'elle avait unie à la sienne, n'avait été qu'un moyen, qu'un pas de plus pour atteindre ce dieu.

Hélène le regarda avec pitié. Plus déterminée que jamais de vaincre, elle se raidissait devant l'orage. Elle se trouva plus surprise que son père de se voir aussi hardie devant lui, aussi capable de se défendre, elle, autrefois si effacée, si docile.

Monsieur Casgrain fit quelques pas vers le bar d'où il se servit un scotch. Ceci dans le but de retrouver son calme et les arguments nécessaires pour faire fléchir sa fille.

Il revint vers l'accusée en juge implacable, la main crispée sur son verre.

— J'ai pris ma décision et je ne reculerai pas. Tu ne verras plus Luc Tremblay. Et, pour m'en assurer, je t'inscrirai à une école privée de Toronto pour finir tes études en septembre. Pendant ce temps, tu pourras fréquenter un des trois jeunes hommes que je te présenterai. Ils sont de notre rang, de bonne fortune et l'un d'eux fera un excellent mari. Tu désires te marier, en voici l'occasion. Après ton mariage, tu pourras, si tu le veux, travailler à notre compagnie... ou mieux encore, devenir une grande dame, briller dans notre société... enfin, vivre une vie qui te convienne.

— Papa, la vie de princesse ne me plaît pas. Je n'irai pas à Toronto, j'épouserai Luc et...

Elle ne finit pas sa phrase, car la lourde main de son père s'abattit en une violente gifle sur son visage! Le bruit fut sec, l'engourdissement instantané. Hélène s'écroula sur le plancher. Elle se redressa. Son père, l'index pointé vers sa figure, lui vociférait des mots avec la rapidité d'une mitrailleuse. Elle ne les entendit presque pas, toute prise

**Elle ne finit pas sa phrase,
car la lourde main de son père s'abattit
en une violente gifle sur son visage!**

d'une panique indescriptible que provoquait en elle cette violence à laquelle elle n'était pas accoutumée.

Profondément humiliée, elle se releva en chancelant. Son père continuait les menaces et les interdictions.

Hélène se campa pour essuyer la tempête. Un calme étrange l'envahit. Elle se sentait forte devant son père qui venait de s'abaisser à la brutalité pour assurer son autorité.

Les vociférations cessèrent. Elle le regarda droit dans les yeux et le tutoya en disant :

— Le bonheur est un devoir, et personne, même toi, ne pourra m'en éloigner. Maman m'a donné ce conseil le jour de sa mort et je vois aujourd'hui qu'elle n'a jamais pu être heureuse avec une brute telle que toi!

— Tu ne me braveras pas ainsi, tu...

Déjà, Hélène s'enfuyait. Elle se dirigea vers la porte et, sans même revêtir son imperméable, s'engouffra dans la pluie, le brouillard et la nuit.

— Reviens ici, reviens tout de suite; je te l'ordonne, cria le père du pas de la porte.

Mais Hélène, fuyant, disparaissait dans la rue.

— Petite révoltée! elle ne me bravera pas; elle ne gagnera jamais contre Henri Casgrain!

Il lança son verre qui éclata en mille miettes contre une pierre de la rocaille.

Hélène pleurait, secouée de sanglots convulsifs, en courant dans la pluie. Elle n'avait pas de destination, elle voulait seulement partir, loin, aussi loin que possible de son père. Elle était trempée par la pluie qui tombait à verse. Ses larmes se perdaient dans ce torrent qui lavait son visage. Elle trébucha contre une dénivellation du trottoir et s'étendit de tout son long, s'écorchant un genou et une main. Péniblement, elle se releva et reprit sa course en boitant. Du sang souillé de boue coulait de son genou.

Elle s'arrêta. Une idée germait en elle : Luc! Luc saurait la consoler, la conseiller. Oui, elle irait chez Luc. D'ailleurs, elle n'était plus qu'à une vingtaine de minutes de chez lui.

Sans plus réfléchir, elle se dirigeait vers la rue Guy. Une seule phrase roulait dans sa tête : «Hélène, le bonheur est un devoir. Ne laisse personne...»

Elle reconnut la rue, pour y être venue avec Luc. Les maisons étaient brillantes d'humidité. Même les hangars sans peinture luisaient sous les réverbères jaunâtres.

Enfin, la maison de Luc. Hélène enfila l'escalier menant au premier étage, ouvrit la porte du balcon, marcha dans la pénombre jusqu'à la porte de la cuisine et frappa. En attendant, elle s'interrogea, pour la première fois, sur sa décision de venir chez Luc. Qu'allait penser d'elle madame Tremblay en la voyant dans un tel état physique et mental? Instinctivement, elle passa la main sur ses cheveux et les peignit vers l'arrière en les essorant. Ils se collèrent à sa tête. Elle frappa de nouveau. Quelqu'un devait y être puisqu'elle voyait de la lumière au salon.

Un brouillard progressif envahissait sa tête.

Enfin, elle vit une ombre sortir du salon pour se diriger vers la porte. La lumière de la cuisine s'alluma. Ses pupilles ne réagirent pas. Ce fut Jean qui ouvrit. En apercevant Hélène, il dit avec son humour coutumier :

— Un chat mouillé qui arrive. Entre donc!

Hélène n'en pouvait plus, elle fit un pas et s'écroula, à demi inconsciente, sur le plancher de la cuisine, tandis que Jean la regardait, le souffle coupé. Puis il la leva, la transporta au salon et la déposa sur le canapé. Vite, il alla chercher à la salle de bain une serviette avec laquelle il épongea le visage de la jeune fille ainsi que ses cheveux.

Lentement, elle ouvrit les yeux. Ils papillotèrent un instant. Jean, assis auprès d'elle, soulevait légèrement sa tête et la fixait d'un regard si inquiet qu'elle s'en trouva émue. De nouveau revenue à la réalité douloureuse, elle se mit à sangloter.

— Mais qu'est-ce qui t'arrive, Hélène?

Étouffée de sanglots, elle ne put répondre. Jean, qui s'attendrissait, la serrait dans ses bras en un geste de consolation. Au contact du visage chaud de Jean contre ses joues moites et froides, Hélène ressentit un tel réconfort qu'elle se calma. Seuls des spasmes coupaient son souffle. Elle se surprit à remarquer l'odeur de la lotion après-rasage. Quel parfum à la fois délicat et volontaire!

Lorsque Jean vit qu'Hélène revenait à elle, il relâcha son étreinte et déposa sa tête sur le coussin.

— Ça va mieux, maintenant?

— Oui, fit-elle en un soupir.

Un peu gêné par la situation, Jean observa la jeune fille de la tête aux pieds et chercha un mot d'humour pour alléger l'atmosphère.

— En voilà un temps pour aller jouer dehors!

Lorsqu'il vit le genou ensanglanté, il l'épongea à l'aide de la serviette mouillée.

— C'est une méchante égratignure, ça. Il faudra en prendre soin. Ce disant, il se dirigea vers la salle de bain et en revint avec un pansement et de l'onguent. Il pansa la blessure. Hélène, remontée par autant de délicatesse, demeurait coite.

Jean agissait sans poser de questions. Hélène parlerait bien de son malheur si elle en sentait le besoin. Autrement, il ne s'en mêlerait pas.

— Tu es bien bon, Jean, de prendre soin d'une folle comme moi...

Elle eut un sursaut, fit mine de se relever en ajoutant :

— Je vais mouiller le canapé...

Jean la retint là et répondit :

— Arrête-toi un instant. Maman laisse toujours une housse sur le canapé quand on n'a pas de visite, «histoire de le garder beau», nous répète-t-elle, ajouta Jean d'un air comique qui fit sourire Hélène.

Troublée par son oubli, Hélène demanda :

— Où est Luc?

— Luc et maman sont allés chez oncle Normand, à Sherbrooke. Ils reviendront demain dans la journée.

— J'étais venue comme ça, affolée, pour lui parler.

Et là, en un récit entrecoupé de pleurs, elle raconta à Jean le malheur qui lui arrivait. Celui-ci se contenta d'écouter sans questionner. Lorsqu'elle eut fini, Hélène était redevenue maîtresse d'elle-même.

— Bien, tu dois être gelée, toi, toute trempée comme ça. Tu vas prendre un bain puis enfiler la robe de chambre de maman. Durant ce temps, je vais faire sécher tes vêtements.

— Bien... je ne sais trop, dit Hélène, désolée des circonstances.

— Tu ne vas pas rester comme ça, voyons! Fais ce que je te dis, petite fille ou je t'envoie jouer dehors dans la pluie.

Jean parlait avec un tel air d'autorité mêlé de bouffonnerie qu'Hélène se sentit rassurée.

Elle se rendit sans plus rechigner à la salle de bain. Peu après, la porte s'entrouvrit quelque peu et un bras nu sortit des vêtements détrempés. Jean les saisit et la main se retira. La porte se referma. Bientôt, Jean entendit couler l'eau de la baignoire tandis qu'il jetait pêle-mêle les vêtements dans la sécheuse. La machine en marche couvrit de son bruit monotone le son des robinets de la salle de bain.

L'hôte s'empressa de faire du café et de sortir un petit plat de biscuits que sa mère lui avait préparés avant son départ.

— Jean! fit une voix derrière la porte de la salle de bain.

— Oui, que puis-je faire pour vous, madame, dit-il avec humour.

— La robe de chambre...

— Tout de suite. J'avais oublié.

Il revint de la garde-robe de sa mère avec une robe de chambre rose qu'il glissa dans la mince ouverture de la porte. Hélène la saisit.

Jean retourna à sa tâche de cuisinier. Il entendit le sèche-cheveux.

Le goûter apprêté, il s'installa à la table de la cuisine. Puis, il se leva, retourna à la chambre de sa mère et revint avec des pantoufles qu'il déposa à deux pas de la table.

Jean entendit s'arrêter le moteur. Ses yeux se tournèrent vers la porte. Il fut surpris de la métamorphose rapide de la demoiselle qui sortit. Elle regarda son compagnon d'un air timide. Jean fit un signe du doigt vers les pantoufles, qu'Hélène chaussa.

— Madame est servie, fit Jean, accompagnant ses paroles d'un geste pompeux de maître de cérémonie.

Il s'avança vers elle, lui saisit le bout des doigts, la dirigea vers sa chaise qu'il repoussa cérémonieusement sous elle.

— Madame m'excusera si je n'ai pas de chandelles. Est-ce que les néons de la cuisine suffiront?

— Certainement, monsieur, répondit Hélène en entrant dans le jeu.

Jean lui servit une tasse de café et avança le plat de biscuits vers elle.

La gravité de son air contrastait avec la bouffonnerie de tantôt. Il s'assit, la regarda puis dit :

— Que vas-tu faire maintenant?

Gravement, Hélène répondit :

— Je ne le sais vraiment plus, Jean... Si j'obéis à mon père, je serai la plus malheureuse des femmes et, si je lui résiste, ce sera la même chose...

Elle regarda Jean d'un air qui lui demandait conseil.

Après un silence, il dit :

— Ce n'est certes pas à moi de te dicter ta conduite. Le seul conseil que je puisse te donner est de ne pas prendre de décision en état de bouleversement émotif. Attends un peu. Laisse les choses se refroidir. Tu prendras une décision demain ou plus tard. Ton père a sans doute du chagrin à cause de son geste. Ne lui en veuille pas trop. Il a agi en un mouvement de colère, sans penser. Demain, je raconterai tout à Luc et il t'aidera.

Hélène ne pouvait quitter des yeux le beau visage de Jean qui parlait avec tant de sagesse et de bonté.

Soudain, Hélène éternua à deux reprises.

— Voilà ce qui arrive aux petites filles qui n'écoutent pas leur mère et qui jouent dans la pluie.

— Mais moi, je n'ai plus de mère, ajouta Hélène, les yeux mouillés.

Plus ému par ces paroles qu'il ne voulait le montrer, Jean se leva pour aller vers la sécheuse.

— Dans quelques minutes, ce sera sec, annonça-t-il en revenant s'asseoir à la table.

— Ce sera difficile de revoir Luc, reprit Hélène. Mon père me fera surveiller de près dorénavant.

— Téléphone ici entre six heures et huit heures demain soir. Luc y sera pour te parler.

**Hélène ne pouvait quitter des yeux
le beau visage de Jean
qui parlait avec tant de sagesse et de bonté.**

Il t'aidera... Ton père ne te mettra toujours pas au cachot!

— Oui, tu as raison. Merci, Jean. Tu es bien bon de prendre soin de moi.

— J'y suis habitué. Dans mon temps libre, j'aide monsieur le curé à entendre les confessions, ajouta-t-il.

Hélène rit et ajouta :

— Jean, tu es épouvantable... et merveilleux...

Au même instant, le bruit de la sécheuse s'arrêta.

— C'est sec. Madame veut-elle que le petit blanchisseur repasse aussi les vêtements, dit Jean avec un drôle d'accent.

— Non merci, fit Hélène en riant.

Elle alla chercher ses vêtements qu'elle revêtit dans la chambre à coucher de Madame Tremblay.

Durant ce temps, Jean desservait la table.

Le téléphone sonna.

«Qui peut bien téléphoner à cette heure-ci», pensa Jean en répondant.

— Allô...

— Est-ce bien la résidence Tremblay, fit une voix mielleuse.

— Oui, répondit Jean, peu habitué à ces cérémonies au téléphone.

— Puis-je, je vous prie, parler à monsieur Luc Tremblay?

— Luc n'est pas ici. Il reviendra demain.

— À qui ai-je l'honneur de parler?

— Vous avez l'honneur de parler à Jean Tremblay, répondit-il avec sarcasme.

La voix hésita un instant puis ajouta :

— Mademoiselle Hélène Casgrain serait-elle là, par hasard?

Jean réfléchit, puis, de son naturel franc reprit :

— Oui, elle est ici.

Après un court moment de silence, la voix ajouta :

— Je suis Jacques, le valet de la famille Casgrain. Je vous appelle de la voiture. Mon auto est garée devant votre domicile. Pourriez-vous demander à mademoiselle Casgrain de descendre, je la reconduirai chez elle.

— Un instant, s'il vous plaît.

Jean couvrit le récepteur du téléphone et se retourna vers Hélène qui était venue, inquiète, écouter la conversation.

— C'est Jacques, votre valet. Il veut te reconduire à la maison. Il t'attend dans l'auto, ici, dans la rue.

— Comment sait-il que je suis ici?

Incrédule, Hélène courut à la fenêtre du salon. En effet, la Rolls Royce noire de son père était bien là et Jacques bien assis au volant, le téléphone à la main.

Elle revint à la cuisine, beaucoup plus humiliée que fâchée.

Elle regarda Jean, respira profondément, et ajouta :

— Dis-lui que je descends.

Jean hésita un moment comme pour dire : «Ne te sens pas obligée». Mais, par discrétion, il ne dit rien. Relevant la main qui bloquait le récepteur, il dit sèchement :

— Un instant, elle descend.

Il raccrocha le combiné et regarda Hélène avec des yeux si tristes qu'elle s'avança vers lui, le serra dans ses bras et l'embrassa affectueusement sur la joue.

— Merci, Jean, merci de ta bonté.

Tout le plaisir était pour moi, répondit Jean avec une telle sincérité dans son regard qu'Hélène comprit qu'il ressentait plus que de l'amitié envers elle. Elle dut se ressaisir et se souvenir de Luc pour ne pas lui faire d'aveux...

— Je dois partir...

— Il pleut encore, prends ce manteau.

Jean lui tendit son imperméable. Lui-même revêtit son anorak et accompagna Hélène jusqu'à la Rolls Royce.

Jacques attendait, impassible. En voyant Hélène, il fit un mouvement pour sortir. Au geste de Jean, il se rassit. Le jeune homme ouvrit la portière, puis, tendrement, serra la main d'Hélène tout en la fixant droit dans les yeux. Le réverbère faisait briller deux grands yeux mouillés de larmes.

— Bonsoir, et prends soin de toi, dit Jean.

— Tiens, reprends ton imperméable. Elle l'enleva et le lui tendit. Rentre vite, maintenant, tu vas être trempé à ton tour, ajouta-t-elle d'un ton affectueux et elle entra dans la voiture..

Jean referma la portière et, aussitôt, le chauffeur démarra. Hélène se retourna et fit signe de la main. Jean demeura debout dans la pluie jusqu'à ce que l'auto disparaisse au tournant.

Chapitre VI

L E retour à la maison se fit dans un silence absolu. En robot servile, Jacques conduisit jusqu'à l'entrée, sous l'abri, et sortit prestement pour ouvrir la portière. Trop tard, Hélène était déjà descendue et se dirigeait d'un pas ferme vers la porte.

Lorsqu'elle entra, elle se trouva en face de son père qui l'attendait dans le vestibule. Elle allait monter l'escalier qui mène à l'étage lorsque monsieur Casgrain l'interpella :

— J'ai à te parler, Hélène...

Celle-ci coupa :

— Je crois que nous en avons assez dit pour aujourd'hui.

Se souvenant du conseil de Jean, elle ajouta :

— Laissons la situation se refroidir. Demain, nous en reparlerons à tête reposée. Bonsoir, papa!

Ses paroles, prononcées avec calme et froideur, frappèrent monsieur Casgrain, qui ne s'y attendait pas. Le «bonsoir, papa», sonna si décisif, si autoritaire, que le père se contenta de répondre :

— Oui, bonsoir...

La porte de sa chambre à peine refermée, Hélène commençait à se dévêtir lorsqu'elle entendit frapper légèrement.

Françoise entra, silencieuse comme une souris. Devant sa cousine fidèle, Hélène perdit son apparence froide et ses yeux se mouillèrent.

— Qu'est-ce qui se passe? demanda Françoise. J'ai entendu ton père qui te criait de revenir lorsque tu t'enfuyais dans la pluie... puis, rien. Je suis morte d'inquiétude depuis.

Parmi les soupirs et les pleurs, Hélène lui raconta toute l'aventure.

— Ton père est venu me parler aussi.

— Toi... et pourquoi?

— Il est venu m'avertir de préparer mes valises. Jacques va me reconduire chez moi demain matin après le petit déjeuner.

— Pourquoi?

— Il ne me l'a pas dit. Il a seulement ajouté que mes parents ont été avertis de mon retour.

Les deux cousines, consternées, se serrèrent l'une contre l'autre en pleurant à chaudes larmes. Un lien d'amitié sincère s'était noué entre elles pendant ces vacances truffées d'aventures.

La nuit fut pénible pour les deux jeunes filles qui parlèrent longtemps. Elles se séparèrent fort tard. Hélène n'avait dormi que quelques heures lorsque Jacques frappa à sa porte, annonçant le lever. Assurément, celui-là n'avait pas perdu le sommeil...

Le petit déjeuner en compagnie de monsieur Casgrain se passa dans un silence glacial.

Les adieux faits à Françoise ne furent que cérémonie pour le maître de la maison qui joua son rôle d'hôte avec une fausse courtoisie.

Cependant, lorsque les deux cousines s'étreignirent en pleurant, il choisit de se retirer, se sachant bien coupable de cette séparation douloureuse.

Lorsqu'Hélène rentra, elle monta à sa chambre. Une heure plus tard, son père la fit demander à la bibliothèque.

Elle descendit. Le corps droit, le visage fermé et dur, les yeux secs, elle entra et fixa son père avec audace.

Henri Casgrain ne perdit pas contenance devant sa fille. Il avait négocié avec des adversaires coriaces qui simulaient une fausse assurance. Il saurait bien trouver une fissure dans cette armure et gagner encore une fois.

— Hélène, fit-il doucement, je suis peiné de ce qui est arrivé hier soir. Il n'est pas digne pour des gens de notre rang d'en venir à la querelle et aux mains comme...

Il ne finit pas cette phrase qu'il lui était très pénible de prononcer puisqu'elle servait, à mots couverts, d'excuse pour la gifle qu'il avait assenée à sa fille.

— Toutefois, poursuit-il, il n'est pas digne non plus qu'une demoiselle comme toi tienne tête à son père qui ne désire que son bien. Je ne veux pas te rendre la vie difficile; au contraire, je désire que tu vives heureuse et en harmonie dans notre monde. Ma décision d'hier soir demeure. En septembre, tu iras finir tes études à Toronto. Ainsi, tu auras le temps de réfléchir. Tu feras un choix entre les trois soupirants que je te présenterai. Tu pourras, comme telle semble être ta volonté, faire un mariage d'amour avec l'un d'eux et vivre heureuse. Tu auras le meilleur des mondes, l'amour, le rang et la fortune...

Hélène sourit en entendant cet exposé qui semblait si logique et si convenable pour son père. Comme il était borné par son dieu de l'élitisme! Comme l'amour était un inconnu pour cet homme au cœur arrêté!

Il fixait sa fille dans l'attente d'une réplique. Bien que son cœur battît à tout rompre, celle-ci répondit calmement :

— Papa, j'aime Luc et non pas les remplaçants que tu me proposes. Je n'ai aucune intention de les fréquenter. Ce serait une fausse prétention de ma part. Quant à me forcer à poursuivre mes études à Toronto, justement, tu peux m'y forcer (elle souligna ce mot) puisque je suis mineure jusqu'en octobre. Toutefois, après cette date, je déciderai de mon sort...

À nouveau, le calme et l'assurance d'Hélène firent une vive impression sur son père. Pour la première fois de sa vie, il ne voyait vraiment pas comment il pourrait gagner la bataille. En affaires tout se résolvait selon l'économie, les chiffres et les lois établies. Telles étaient les règles du jeu et Henri les connaissait par cœur. Ainsi, il en savait l'étendue et les limites et pouvait même, à l'occasion, déplacer ces limites afin d'obtenir gain de cause. Mais, devant une difficulté familiale, devant une fille amoureuse qui ne voulait rien entendre à sa logique, où étaient les règles et les bornes? Il lui restait la force et l'autorité. Pourtant, comme Hélène le lui rappelait, dans trois mois, en octobre, elle serait affranchie de l'obéissance civile à son père, par sa majorité. La fortune, le rang... sa fille demeurait insensible à leur attrait. Que lui restait-il? Pour toute réponse, il s'écria :

— Ce que j'ai dit, reste dit! Tu m'obéiras! Tu ne sortiras pas de la maison sans être accompagnée d'un domestique et je te défends de revoir Luc Tremblay. Tu entends!

À ces mots, il sortit de la pièce en coup de vent et en claquant la porte.

Hélène resta clouée sur place, puis, n'ayant plus à se tenir sur la défensive, elle fondit en larmes.

La journée sembla interminable à la jeune fille. Elle n'attendait que six heures pour téléphoner à Luc. Il saurait la conseiller, l'aider dans son désarroi.

À six heures précises, elle tenta, de sa chambre, de composer le numéro de téléphone. Rien... il était silencieux, sa ligne avait été coupée.

Hélène descendit, furieuse, à la cuisine. Elle demanda à Jacques :

— Mon téléphone est-il défectueux?

— Non, il a été débranché. Ordre de monsieur Casgrain...

— Donc, je suis une prisonnière sans moyen de communication avec l'extérieur.

— ...

— On verra bien, riposta-t-elle avec défi.

Ce disant, elle s'élança vers la porte de devant. Jacques, aux aguets, cria :

— Monsieur refuse que vous sortiez sans que je vous accompagne...

Sans répondre, sans même se retourner, Hélène sortit en courant.

Jacques eut beau crier, clopiner, Hélène était trop rapide pour lui. Au bout d'un pâté de maisons, elle l'avait semé.

Hélène savait où elle allait. Il y avait une cabine téléphonique non loin de là.

Arrivée à destination, elle composa le numéro de Luc qui répondit aussitôt.

— Allô, Luc...

— Oui, comment vas-tu, chérie?

Au son de la voix de son amoureux, elle éclata en sanglots.

— Ne pleure pas, ne pleure pas. Ça s'arrangera pour le mieux. Tu verras. Jean m'a tout raconté. Sois courageuse Hélène, suis tes principes. Toutefois, sois prudente. Ne tiens pas tête trop directement à ton père. Fais semblant de lui obéir, reste neutre devant lui. Laisse les choses se calmer, ça sera mieux.

— Mais, mais, en septembre, je serai envoyée à Toronto!

Avec son flegme caractéristique, Luc répondit :

— Chérie, ressaisis-toi. Nous avons un mois durant lequel planifier notre stratégie. Et, d'ici là, bien des choses peuvent changer. Téléphone-moi à la même heure dans deux jours et je te donnerai des instructions plus précises pour une rencontre.

— Mais mon téléphone est coupé et je ne peux sortir sans être accompagnée...

— Fais ce que je te dis, Hélène. Trouve une façon de me téléphoner dans deux jours et j'aurai pensé à un endroit sûr où te rencontrer.

— Oui Luc, je trouverai un moyen de te téléphoner. Pourtant, que ça sera difficile d'attendre seule pendant deux jours!

— Je te comprends chérie. Sois brave! Je t'aime.

— Moi aussi, Luc, je t'aime... et je t'attendrai.

Elle raccrocha le combiné, un peu perplexe. Comme Luc lui avait semblé calme, trop calme devant son angoisse! Malgré elle, Hélène pensa à Jean. Combien plus chaleureux il aurait été en pareille circonstance.

La veille, au soir, quelle délicatesse et quel empressement il avait montrés envers elle.

Ce que Luc n'avait pas dit à son amoureuse, c'est que monsieur Casgrain lui avait téléphoné pour lui demander d'aller le rencontrer à son bureau à sept heures et demie ce même soir.

Luc n'avait pas cessé de repasser dans sa tête stratégie sur stratégie, tentant de prévoir toutes les ruses de son adversaire. Le jeune homme se sentait très sûr d'Hélène, de la fidélité et de l'amour inébranlables de la jeune fille. Il pouvait donc faire face à monsieur Casgrain avec cet atout de son côté. Toutefois, il lui fallait jouer habilement, car Hélène se souciait peu que son père la déshérite. Pour lui, c'était une tout autre histoire. Il n'avait pas oublié son plan initial.

Luc se sentit gêné lorsque Jean s'enquit d'Hélène après son appel téléphonique. Il répondit vaguement :

— Elle s'inquiète pour rien. Tout s'arrangera avec le temps. Son père est têtu mais il aime sa fille et finira par lui donner la liberté.

Absorbé dans ses plans, il ne devina pas tout l'intérêt que Jean portait au sort d'Hélène.

Jean voyait Luc si préoccupé qu'il en ressentait de la sympathie. Il croyait son frère très angoissé par le dilemme de son amoureuse.

Il s'approcha de Luc, mit sa large main sur son épaule et, fraternellement, lui dit :

— Si je puis faire quelque chose pour vous aider, dites-le, ce sera avec plaisir.

Embarrassé par la proposition de son frère, Luc marmonna :

— Oui... merci... C'est chic de ta part.

À sept heures et demie précises, Luc entrait dans le bureau de monsieur Casgrain. Celui-ci, bien installé dans son immense fauteuil de cuir, l'observait, les bras croisés, sans dire un mot. À son air décidé, Luc devina qu'il avait une offre à lui proposer.

L'attitude froide de Luc démontra à Casgrain qu'il aurait affaire à un jeune adversaire coriace. Il ne put s'empêcher, bien au fond de lui-même, d'admirer son sang-froid, qui était un calcul, sans doute... Ce jeune homme avait du potentiel... mais il n'avait rien d'autre à lui apporter. Nulle fortune, nuls biens d'affaires, nuls contacts avec des gens de l'élite politique... en un mot, il n'en avait pas besoin.

Les deux hommes demeuraient assis l'un en face de l'autre, se jaugeant, chacun attendant le premier pas de l'autre.

Enfin, l'aîné se décida à parler. Il le fit d'un ton de voix qui faisait bien sentir sa supériorité, un peu à la façon d'un professeur qui veut réprimander un élève qu'il a retenu après la classe. Pour se donner plus de contenance, il se berçait légèrement dans son fauteuil, et gardait le rythme avec son coupe-papier qu'il passait d'une main à l'autre, à la manière d' un métronome.

De son côté, Luc s'était assis bien à l'aise, avait croisé les jambes et, les doigts des deux mains entrelacés sur son abdomen, il gardait lui aussi la cadence, de ses deux pouces pointés vers le haut.

— Jeune homme, avant que tu n'influences ma fille, je jouissais d'une paix, d'une vie familiale sans trouble. Ma fille me respectait, m'obéissait sans heurts. Aujourd'hui, elle est devenue têtue, désobéissante, irrespectueuse.

Il s'arrêta un instant. Voyant que Luc n'allait pas intervenir, il poursuivit :

— Je n'ai pas l'habitude de perdre, et je suis même un très mauvais perdant, Tremblay. Ma fille dit vouloir t'épouser. Je ne le permettrai jamais.

Après ces mots prononcés en accentuant chaque syllabe, il fit une pause et regarda son adversaire droit dans les yeux. Celui-ci, sans broncher, fit de même.

— Je sais beaucoup de choses à ton propos. Mon détective m'a dressé un dossier fort complet à ton sujet. Tu es ambitieux, Luc, et tu proviens d'une famille très pauvre... père ivrogne, décédé; tu es le soutien financier avec l'aide de ton frère Jean...

Casgrain lisait çà et là dans le rapport des bribes d'information afin d'intimider son adversaire en lui faisant valoir la supériorité que lui donnait sa documentation.

Luc fut surpris mais, en joueur de poker, demeura impassible comme si rien ne le perturbait. Pour cacher son trouble intérieur, lentement, calmement, il alluma une cigarette.

— Mais Luc, je suis un homme d'affaires et je saurai te dédommager pour le désavantage que te procurera ta rupture avec ma fille.

Ce disant, Casgrain ouvrit son tiroir de droite, y plongea la main et en ressortit une liasse de billets de banque bruns tout à fait neufs. Il les tint bien en vue, passa le pouce sur la tranche pour en faire apparaître le nombre. Après, il les jeta sur le coin du bureau devant Luc en disant :

— Ils sont à toi! Cinquante billets de cent dollars si tu laisses ma fille tranquille...

Les yeux de Luc avaient à peine bougé vers les billets. Le financier s'était enfoncé dans son fauteuil et scrutait la moindre réaction du jeune homme.

Luc tendit lentement la main vers les billets, les saisit avec indifférence et, d'un geste semblable à celui de son adversaire, les relança devant celui-ci.

Casgrain tenta de demeurer impassible devant cette témérité, mais un nerf qui bougea la commissure de ses lèvres démontra, bien malgré lui, que le refus de Luc le contrariait beaucoup.

— Monsieur, dit enfin Luc, je ne suis ni à vendre ni à acheter. J'aime votre fille et elle m'aime. Nous projetons même de nous marier lorsque nos études seront terminées. Je suis peiné de troubler la paix de votre famille ainsi et je me demande vraiment pourquoi. Je suis honnête, je gagne honorablement ma vie et...

Il fut interrompu par un geste inattendu. Une deuxième liasse de billets tomba devant lui.

Cinq mille en plus des cinq mille de tout à l'heure, ça commençait à être une somme importante.

Pour la première fois, Luc se sentit ébranlé et Casgrain s'en aperçut. Il avait traité avec bien des clients, avait offert à l'occasion des pots-de-vin et savait l'effet troublant qu'ont ces liasses devant le rival.

Reprenant son calme, Luc poursuivit :

— Monsieur Casgrain, l'argent ne m'impressionne pas. Même si je suis issu d'une famille pauvre, ma profession me permet de vivre convenablement et mes chances de promotion à la firme Lanctot sont excellentes, surtout dans quelques semaines lorsque mes cours seront terminés et que j'obtiendrai mon diplôme. Je pourrai donc...

Luc fut interrompu de nouveau par la chute d'une autre liasse.

— Quinze mille dollars, c'est beaucoup d'argent de nos jours, monsieur Tremblay. Et la cagnotte est close, dit l'industriel en refermant son tiroir. C'est à prendre ou à laisser.

Luc avait joué le jeu à sa limite. La poule aux œufs d'or avait cessé de pondre. L'ambitieux voyait miroiter une somme importante devant lui. En dépit du désarroi qui s'était emparé de lui, il calculait ses chances. S'il refusait, il perdait la somme. S'il s'entêtait à épouser Hélène et qu'elle était déshéritée, il perdait tout. Mais si... si Hélène lui restait fidèle et que son père cédait, il entrerait dans cette famille, dans ce rang et cette fortune à laquelle il aspirait avec tant d'ardeur. Si! Si!

Une douleur vive le sortit de ses préoccupations. Entièrement accaparé par ses réflexions, il avait oublié la cigarette qu'il tenait. Toute grillée, elle lui brûlait les doigts. D'un geste prompt, il l'écrasa dans le cendrier, à ses côtés. Les yeux scrutateurs de monsieur Casgrain ne l'avaient pas quitté un instant, comme une bête qui guette sa proie.

Les instants d'incertitude de Luc avaient suffi au prédateur pour déceler son talon d'Achille. Désormais, il le tenait.

Luc reprit, en tentant de cacher son émotion.

— Vous avez des arguments fort simples, monsieur...

— Mais efficaces...

— Toutefois, j'aimerais un peu de temps pour réfléchir... Je n'ai pas l'habitude de prendre des décisions aussi vite.

Lentement, monsieur Casgrain reprit une à une les liasses et les rangea avec précaution dans son tiroir. L'effet psychologique de retirer l'offre fit bouger le jeune ambitieux. Il s'avança, abaissa la main sur celle de son opposant et dit :

— Laissez l'offre ouverte; laissez-moi voir Hélène ce soir... Je vous donnerai une réponse demain...

De grosses gouttes perlaient sur son front et son visage s'était empourpré.

Casgrain arrêta son geste, baissa les yeux comme pour délibérer, puis dit :

— D'accord! l'offre tient jusqu'à six heures demain soir.

Sans plus ajouter, il composa un numéro de téléphone.

— Oui, Jacques? ici Henri. Monsieur Luc Tremblay passera chercher mademoiselle Hélène dans une heure. Veux-tu lui dire d'être prête... Oui, Jacques, monsieur Luc Tremblay!

Sans plus d'explications à son domestique surpris de la tournure des événements, il raccrocha sèchement.

— Tu vois, je suis un homme raisonnable. Voici cinquante dollars. Passez une bonne soirée. À demain.

Luc saisit le billet et sortit sans plus. Sa tête bourdonnait comme une ruche d'abeilles qu'on heurte. Il lui fallait réfléchir et remettre de l'ordre dans ses idées. Il marchait

Il s'avança, abaissa la main
sur celle de son opposant et dit :
— Laissez l'offre ouverte; laissez-moi voir Hélène
ce soir... je vous donnerai une réponse demain...

maintenant dehors sans voir où il allait. Dans une heure, il rencontrerait Hélène. Les événements se précipitaient. Il devait se ressaisir, penser froidement. Dans la rue, l'activité, le bruit, les passants, tout dérangeait celui qui voulait se concentrer. Où aller pour avoir la paix? Il regarda aux alentours et choisit une vieille église de pierre. Il entra et s'assit dans le dernier banc. Là, seul et en silence, il pourrait penser.

Très bientôt, il verrait Hélène. Il ne pourrait certes pas lui avouer le pot-de-vin. Comment lui expliquer que son père leur permettait de se voir librement, après ses interdictions? Sans cesse, les trois liasses de billets revenaient brouiller son raisonnement qu'il voulait logique. Non! Il ne pouvait accepter cette somme, si minime comparée aux avantages que lui procurerait son entrée dans cette famille riche. Mais Henri Casgrain était déterminé à l'en empêcher par tous les moyens. S'il poursuivait son rêve ambitieux et perdait, les quinze mille dollars s'envolaient aussi...

Luc s'aperçut que ses mains étaient si crispées qu'il en avait les jointures toutes blanches. Il se détendit et, pour s'empêcher de trop se laisser emporter, regarda autour de lui. La lampe du sanctuaire brûlait, imperturbable, et une odeur d'encens traînait dans l'air. Ses yeux se posèrent sur le banc devant lui. Deux cœurs entrelacés gravés dans le vernis lui firent songer pour la première fois à Hélène. Comment réagirait-elle, s'il choisissait de rompre? Et, s'il décidait de poursuivre son plan ambitieux, changerait-elle d'idée? Si oui, adieu le gros lot! Si elle tenait bon et que son père la déshéritait, adieu le rang et la fortune, et même les quinze mille dollars. En plus, il serait embarrassé d'une femme qu'il n'aimait pas...

Une idée nouvelle germa en lui. S'il revenait à monsieur Casgrain et qu'il le faisait chanter jusqu'à ce que celui-ci lui offre davantage... trente mille, quarante, cinquante... Des chiffres dansaient dans son imagination. Non! Casgrain était trop rusé pour se faire rouler de la sorte.

Puis il pensa aux conséquences qu'aurait pour son adversaire le fait de déshériter sa fille unique. La nouvelle se saurait rapidement et il passerait pour un bourreau. Sa parenté le qualifierait de sans-cœur, de maltraiter ainsi sa fille. Il serait abaissé aussi devant ses associés et ses concurrents. Oui, le riche industriel avait beaucoup plus à perdre par cet entêtement que Luc Tremblay, le petit comptable, qui semblerait la victime toute blanche dans cette mésaventure.

Un sourire malin passa sur son visage. Il tenait son adversaire à cause de ces raisons de prestige et de réputation. Il jouerait donc son jeu jusqu'à la fin. Après tout, il avait beaucoup plus à gagner qu'à perdre. Il sortit le billet de cinquante dollars de sa poche et murmura : «Ceci n'est que le commencement de ma fortune dans la famille Casgrain!»

Et, tout confiant, il quitta son banc. Instinctivement, il allait faire une génuflexion, puis se reprit. Il sortit dans la rue et héla un taxi. Hélène l'attendait dans dix minutes...

De toute évidence, Hélène était angoissée. Qu'arrivait-il? Pourquoi son père permettait-il cette rencontre maintenant? Aurait-il changé d'idée? Les laisserait-il se fréquenter en toute liberté? Cette idée la rendait perplexe. Son père n'était pas un de ces émotifs qui changent d'avis et de sentiment. Aurait-il convaincu Luc de briser leur amour? Cette pensée surtout la hantait. Elle était beaucoup plus plausible que l'espoir d'une réconciliation.

C'est pourquoi Hélène se précipita à l'extérieur lorsqu'elle vit arriver Luc en taxi.

Il lui ouvrit la portière et dit :

— Bonsoir, ma chérie, entre, nous allons souper au restaurant.

— Mais qu'arrive-t-il? Je me meurs d'inquiétude...

Pour toute réponse, le jeune homme lui fit signe de garder le silence à cause du chauffeur de taxi. Il ajouta tout bas :

— Nous parlerons au restaurant...

Le trajet sembla interminable à Hélène qui s'agrippait avec angoisse au bras de son amoureux.

Au restaurant, Luc choisit une table bien au fond, loin des autres clients, afin d'avoir toute la discrétion voulue pour converser avec sa compagne.

— Parle Luc, parle, je n'en peux plus.

— Hélène, m'aimes-tu?

Ce disant, il la fixa droit dans les yeux comme s'il avait voulu la juger.

— Bien sûr, Luc, comment peux-tu en douter?

— Je ne doute pas de ton amour, maintenant, mais sauras-tu m'aimer quoi qu'il arrive dans l'avenir?

— Oui, oui, Luc! Tu sais que je te suis fidèle.

Malgré elle, l'image de Jean sillonna son esprit.

— Dans ce cas, poursuivit Luc, nous allons, ce soir, célébrer notre victoire contre ton père.

— Comment ça?

— J'ai vu ton père ce soir. Il m'a fait demander à son bureau. Il m'interdit de te fréquenter et m'a même donné ce billet de cinquante dollars pour que je te rencontre ce soir afin que je rompe avec toi.

— Et tu veux célébrer ça! s'exclama Hélène prise de panique.

— Non, non! J'ai feint de céder et j'ai accepté l'argent. C'était pour moi une façon de te revoir, de t'annoncer ma décision et de te redire mon amour. Si tu le veux, Hélène, nous résisterons, et un jour nous nous marierons avec ou sans l'accord de ton père. Le veux-tu?

— Mais, certainement, Luc. C'est ce que j'ai toujours voulu.

À ces mots, Hélène s'approcha de lui et l'embrassa avec passion. Luc subit le geste.

Hélène enchaîna :

— En octobre, je serai majeure. Là, je quitterai Toronto et je reviendrai. Nous pourrons nous marier et je poursuivrai mes études à mes... à tes dépens. L'année d'après, je t'aiderai en travaillant. Ensemble...

— Pas si vite, pas si vite! Laissons les événements s'arranger d'eux-mêmes. Le temps peut changer beaucoup de choses. Ton père, j'en suis sûr, reviendra sur sa décision lorsqu'il nous verra déterminés à lui tenir tête. Demain, annonce-lui ta décision de poursuivre ton idée et je ferai de même. Après, attendons. Seul le temps nous fera voir sa réaction. Après, seulement après, nous déciderons du prochain pas.

Hélène entendait parler Luc avec étonnement. De quoi était bâti cet homme pour demeurer si froid dans de telles circonstances? Elle l'admirait et, à la fois, lui en voulait pour cette logique calculatrice qui le rendait si semblable à son père.

Chapitre VII

LE jour s'étira, plutôt orageux. Hélène fut la première à annoncer à son père sa résolution. Toutefois, il demeura sceptique jusqu'au soir, attendant sa rencontre avec le jeune homme. Après la réaction de celui-ci, le jour précédent, Henri se sentait bien certain d'avoir vaincu. Grand fut son étonnement lorsque Luc refusa le pot-de-vin et, à son tour, lui déclara son intention de poursuivre ses fréquentations avec Hélène. Casgrain lui avait même dit :

— Si tu penses me faire chanter et ajouter davantage, tu te trompes.

— L'argent ne m'intéresse pas, avait répondu le rusé.

— Tu ne gagneras pas aussi facilement. Je ne suis pas habitué à la défaite et je n'ai pas dit mon dernier mot.

Après le départ de Luc, l'industriel eut de la difficulté à se concentrer sur son travail. Toutefois, il lui fallait en ce moment toute son attention, car il manigançait une opération d'envergure en vue d'acheter la firme concurrente Lanctot. Celle-ci, malgré une situation économique difficile, demeurait ferme et refusait toutes les offres de Casgrain. Comment lui donner le coup de grâce? Comment affaiblir Lanctot au point où elle travaillerait à perte et se verrait forcée de vendre ses parts majoritaires à la firme Casgrain?

Soudain, le manipulateur s'immobilisa. Ses yeux fixes indiquaient qu'une idée nouvelle venait de s'emparer de lui. Lentement, un sourire détendit son visage.

— J'ai trouvé! s'exclama-t-il tout haut.

Seul dans son bureau, il marchait maintenant de long en large, tout enthousiasmé par sa trouvaille.

Une semaine s'écoula, durant laquelle Jacques fit un rapport quotidien des allées et venues d'Hélène. Rebelle, elle sortait malgré les ordres, faussant compagnie au vieux domestique. Celui-ci demeurait perplexe devant l'attitude de son maître qui ne réagissait pas, ne faisait rien pour contrecarrer les désobéissances de sa fille.

— Elle voit Luc Tremblay tous les jours; je les ai aperçus ensemble à plusieurs reprises, ajouta Jacques.

— Laissez-la faire dorénavant. Je m'en occuperai.

Jacques, abasourdi, se demanda : «Monsieur se serait-il attendri en vieillissant?»

Mais l'industriel malin avait d'autres flèches dans son carquois.

C'est ainsi que, le lendemain, il fit à nouveau venir Luc à son bureau après les heures de travail.

Luc s'y présenta, craintif, se demandant de quelle nouvelle interdiction pourrait bien le frapper le père d'Hélène.

Il fut surpris d'être accueilli fort civilement par son hôte.

— Asseyez-vous, monsieur Tremblay. Un cigare? demanda-t-il en lui tendant la boîte de havanes.

— Non, merci. Le cigare me fait tousser.

— Moi, j'en fume trop et ce n'est pas bon. Un café peut-être?

— Oui, volontiers.

Tandis que l'industriel s'affairait à le servir, Luc, tout tendu, se demandait quelle stratégie allait encore employer le lion, devenu si exagérément aimable. Il lui fallait

être sur ses gardes. Ne rien décider précipi-
tamment; prendre le temps de réfléchir...

— Monsieur Tremblay, je dois vous
faire des excuses. Je me suis trompé à votre
sujet. Vous êtes un homme honnête; vous
me l'avez démontré en refusant la somme
que je vous ai offerte la semaine dernière.
J'ai désormais plaisir à voir un jeune
homme aussi entier, aussi fidèle que vous
l'êtes à l'égard de l'amour que vous portez à
ma fille. J'accepterai dans l'avenir que vous
voyiez Hélène, que vous la fréquentiez...

Luc, bouche bée, n'en croyait pas ses
oreilles. Enfin, son rêve se réalisait. Il entrait
dans la famille du millionnaire. Son jeu
avait porté fruit. Saisi d'étonnement, il ne
put que répondre :

— Merci. Je saurai vous faire honneur.

— Vous pourriez même faire plus que
ça, monsieur Tremblay.

Il s'arrêta, laissant ses paroles pénétrer
davantage dans l'esprit de son invité, puis il
continua :

— Puisque vous deviendrez mon gendre,
il ne serait que raisonnable que vous soyez
associé à mon entreprise.

À ces mots, Luc crut défaillir de joie.

— Avec vos compétences de comptable,
poursuivit-il, vous saurez me rendre de grands

services. Grâce à votre expérience chez Lanctot, la société concurrente, vous avez acquis des connaissances fort utiles.

— Je serais prêt à travailler à votre service aussitôt que vous le voudrez bien, monsieur Casgrain.

Ces mots prouvaient bien à l'homme d'affaires que le jeune ambitieux visait cette promotion. Toutefois, il ne fallait pas précipiter les choses. En négociateur aguerri, il devait tenir le jeune homme en appétit, sans trop lui donner, afin de ne pas le rassasier.

«Un ambitieux qui a faim est l'esclave de son maître», pensa Casgrain.

— Pour l'instant, continue à travailler pour Lanctot. Il serait mieux qu'elle ne sache ni ce que je t'ai proposé ni que tu fréquentes ma fille. Lanctot est soupçonneuse de nature et elle pourrait... tu comprends?

— Oui, je vois très bien.

Luc commençait à deviner les intentions de l'autre. Il se servirait de lui pour obtenir des renseignements sur la firme concurrente. Cette perspective lui fit peur. Non que le comptable eût des scrupules, car pour obtenir l'accession à la famille et à la fortune Casgrain, il aurait fait bien des choses. Ce qu'il redoutait, c'était que Casgrain l'utilise à ses fins puis l'abandonne. Le jeune homme devait donc être très prudent et, lui aussi, nourrir à petites bouchées l'ambitieux industriel. Il lui faudrait veiller à ce qu'Hélène demeure loyale. À vrai dire, de son côté, il avait peu à craindre. La jeune fille lui avait toujours été fidèle et attachée.

Les paroles de Casgrain vinrent le sortir de ses réflexions intérieures.

— En passant, comment vont les affaires de Lanctot?

En un éclair, Luc se souvint que le concurrent lui avait déjà posé cette question à leur première rencontre. Que de choses avaient changé depuis!

— Pas trop bien, mais elle négocie présentement des contrats importants qui pourraient la remettre dans la bonne voie.

Habile, il voulait lui en dire assez, mais pas trop. Il s'arrêta donc après cette bribe d'information.

— Oui, je suis au courant, fit Casgrain pour mettre le jeune comptable à l'aise dans la conversation.

Lui non plus ne voulait pas trop se compromettre, sachant les conséquences graves de l'espionnage industriel. Il reprit :

— Bon, nous avons assez bavardé pour aujourd'hui.

Il se leva, se dirigea vers Luc et lui tendit la main. Les deux hommes se serrèrent la main vigoureusement. Tous deux comprirent à ce moment-là qu'ils signaient un pacte plutôt louche...

— Sans rancune, Luc? Je désire tellement le bien de ma fille que je me surprends souvent à la surprotéger.

— Absolument aucune. Mille fois merci de la confiance que vous m'accordez.

Le patron reconduisit Luc jusqu'à l'ascenseur. Lorsque la porte se fut refermée, Luc leva les bras au ciel, ses doigts faisant le V de la victoire. Il jubilait.

L'entrepreneur, lui, retournait à pas lents vers son bureau, un air de contentement sur le visage. Seul, il dit tout haut : «S'il devient mon gendre de toute façon, autant m'en servir à mes fins...»

**Luc leva les bras au ciel,
ses doigts faisant le V de la victoire. Il jubilait.**

Chapitre VIII

Du bureau de Casgrain, Luc se rendit directement chez Hélène. Le serviteur fut surpris de le voir entrer avec une telle confiance, mais il ne dit rien. Tant d'événements anormaux se passaient depuis quelque temps! C'est pourquoi il ne posait plus de questions.

Hélène aussi fut surprise de voir Luc.

— Que fais-tu ici? Papa arrivera bientôt et s'il...

— Ne crains rien. J'ai de bonnes nouvelles pour toi. Devine...

— Je ne sais pas, Luc, ne me fais pas languir.

— Je viens de rencontrer ton père. Nous avons le feu vert. Nous pouvons nous voir librement... et nous marier lorsque viendra le temps.

— Non! s'écria Hélène.

— Oui! Oui!

Hélène se précipita, les yeux en larmes, dans les bras de son amoureux. Elle le serra si fort que le jeune homme ressentit une douleur.

— Hé! pas si fort, tu vas me briser les côtes.

Hélène desserra son étreinte et, tout émue, l'embrassa à plusieurs reprises.

Soudain, d'un air inquiet, elle reprit :

— Comment le sais-tu? Quand as-tu vu mon père?

— J'arrive de son bureau. Je lui ai dit mes intentions et il a compris. C'est une longue histoire. Nous nous en reparlerons plus tard. Pour maintenant, fêtons.

— Que je suis heureuse, Luc!

— Moi aussi, Hélène! Je t'avais bien dit que ton père finirait par s'adoucir.

— Nous pourrions nous marier à l'automne. Françoise serait ma dame d'honneur et ...

— Pas si vite! Pas si vite! Même si le feu est vert, il ne faut pas partir à la course. Prenons un an pour bien nous préparer. Entre-temps, tu termineras ton baccalauréat. D'ici là, nous pourrons bien choisir notre domicile, nos meubles et tout ce que comprennent ces préparatifs.

Le visage d'Hélène s'assombrit un peu. Toujours logique, toujours pratique, toujours comme son père... En pleine effusion de joie, il pensait aux choses matérielles et n'avait encore rien dit de leur vie intime.

De son côté, Luc voyait plus loin. Son espionnage chez Lanctot, son accession à un poste de direction élevé, l'héritage de Casgrain, la demeure dans le quartier cossu de la ville, les valets, les autos... Tout ce cortège passait devant ses yeux comme s'il venait de gagner à la loterie.

— Il n'y a qu'une petite ombre au tableau, Hélène.

— Mais quoi?

— Il ne faudrait pas que nous soyons vus ensemble en public.

— Mais pourquoi? Papa nous permet de nous fréquenter.

— Bien, oui... mais puisque je travaille pour Lanctot, la firme concurrente à celle de ton père, de mauvaises langues pourraient répandre des calomnies à mon sujet.

— C'est ridicule, Luc. Qu'est-ce que ça peut bien faire? Il ne faut pas mêler les choses du cœur et celles de l'entreprise.

— Crois-moi, il nous faudra garder notre relation discrète, pour un certain temps du moins.

Devant l'expression interrogative de la jeune fille, il ajouta :

— Tu ne m'aimes pas assez pour faire ce petit sacrifice?

Hélène fondit à ces mots.

— Bien sûr que si, Luc, je t'aime tellement que je serais heureuse même en prison si je pouvais te voir chaque jour.

À ces mots, elle l'enlaça.

Luc se défit inconsciemment de cet embrassement. Déjà, il songeait à autre chose.

Hélène, déçue, se dit : «Pourquoi est-il si distant? Pourquoi semble-t-il toujours se soustraire à mes caresses?» Un instant, elle le compara à son frère Jean. Lui, se laisserait étreindre sans s'esquiver. Elle chassa cette pensée indigne d'elle.

Le mercredi suivant, Luc fut invité à souper chez les Casgrain pour célébrer la nouvelle relation d'amitié entre les deux hommes.

Les domestiques furent incomparables et l'on servit un souper digne du millionnaire. Le vin de qualité coulait à flots et Luc, qui en buvait rarement, se sentait joyeux et avait la langue plus déliée qu'à l'accoutumée.

Hélène nageait dans l'euphorie. Enfin le conflit était réglé et tous ses rêves les plus secrets pouvaient se réaliser.

Avec quelle ferveur elle avait accueilli son père après l'heureuse nouvelle transmise par Luc. Elle l'avait serré dans ses bras et lui avait même demandé pardon pour ses désobéissances des derniers mois. Mal à l'aise devant les élans émotifs, monsieur Casgrain avait tout simplement répondu :

— Je ne veux que ton bonheur. Dorénavant, sois sage, sois patiente et tes plans d'avenir se réaliseront.

Le repas terminé, le maître de maison invita Luc à la bibliothèque pour prendre un digestif, tandis qu'Hélène montait à sa chambre pour se rafraîchir.

La conversation tourna immanquablement autour des affaires.

«Maintenant, songeait Casgrain, que le vin a affaibli ses défenses, il est temps d'aborder la question Lanctot».

— Comme ça, Lanctot négocie un gros contrat.

— Pas exactement un contrat. Le journal La Justice a lancé un appel d'offres pour la fourniture de son papier. C'est le plus gros quotidien de la métropole, il va donc s'agir d'une commande considérable. Et, puisque le journal achètera à celui qui fait l'offre la plus basse, Lanctot a bien l'intention d'offrir un prix réduit tout en se gardant une marge de profit raisonnable. D'ailleurs, le département de comptabilité travaille avec fébrilité à ces calculs depuis quelque temps.

Le jeune homme s'arrêta, fier d'avoir démontré son importance dans ce marché.

— Et ce chiffre magique, est-il prêt?

— Non, pas encore, mais il le sera cette semaine.

— Toi, le verras-tu ce chiffre?

— Sans doute, puisque je suis l'un des adjoints du comptable en chef.

Henri Casgrain s'arrêta pour allumer un cigare. Il en profita pour verser un généreux verre de cognac à son invité.

— Pas mal ce cognac, n'est-ce pas? Je l'ai commandé d'Europe spécialement pour les grandes occasions, surtout quand je conclus un marché important avec un client...

L'insinuation ne passa pas inaperçue. Le jeune homme savait à quoi voulait en venir son interlocuteur. Toutefois, il laissa Casgrain faire le pas suivant.

— Tu sais, Luc, que le monde des affaires peut être cruel. Pas de pitié pour l'adversaire. L'entreprise Lanctot est affaiblie.

Elle a besoin d'un gros contrat pour survivre. Je lui ai offert de devenir propriétaire de ses parts et d'amalgamer nos deux entreprises. Ainsi nous pourrions vraiment briser les reins à plusieurs autres commerces de moindre importance et former un cartel puissant.

Durant ce court monologue, Casgrain s'était échauffé. Il s'emportait devant cette stratégie de puissance. Il s'avança vers Luc et, d'une voix onctueuse, ajouta :

— Si je pouvais connaître ce chiffre critique avant de soumettre mon offre, ça me rendrait un g-r-a-n-d service...

Il s'arrêta. Puis, d'une voix doucereuse, reprit :

— Je suis implacable envers mes adversaires, mais je sais bien récompenser mes alliés. Si jamais je parviens à fusionner la société Lanctot et la mienne, il y aura des postes importants à combler...

Luc s'efforça de demeurer impassible à l'extérieur mais, en son for intérieur, il jubilait. Toutes les portes s'ouvraient donc à lui maintenant.

Comme Luc allait donner une réponse, la porte de la bibliothèque s'ouvrit et Hélène, qui faisait la moue, s'exclama :

— Vous n'allez pas vous enfermer ici toute la soirée. Je m'ennuie toute seule, moi, dit-elle.

Les deux hommes se montrèrent très déçus de cette intrusion en un moment aussi inopportun.

Leur attitude tiède à son égard la laissa songeuse. Depuis que son père avait accepté leur fréquentation, n'avait-elle pas perçu moins de ferveur de la part de son prétendant? De drôles d'impressions trottaient dans sa tête.

Le reste de la soirée se passa dans une atmosphère de monotonie. De toute évidence, les deux hommes, qui se disaient épuisés, étaient très préoccupés. Lorsque Luc partit, il embrassa Hélène poliment puis, faisant quelques pas à l'écart, il s'approcha de monsieur Casgrain, lui serra la main et lui murmura :

— Marché conclu...

Les deux ambitieux se comprirent...

La semaine qui suivit fut décevante pour Hélène. Luc fit des heures supplémentaires tous les soirs et, quand arriva enfin le samedi, il en profita pour rédiger des travaux de son cours de comptabilité qu'il avait dû négliger, faute de temps. À peine reçut-elle deux appels téléphoniques de lui, expliquant combien il était surchargé. Hélène voulut être raisonnable et comprendre, mais elle se sentait quand même très dépitée de cet abandon. Luc serait-il, comme son père, un bourreau de travail pour qui rien d'autre ne compte?

Pour sa part, Luc n'avait pas de temps à consacrer à des sentimentalités. Il complotait en ce moment la plus importante stratégie de sa vie, celle qui lui ouvrirait les portes de la richesse, du pouvoir, du rang...

Avec d'infinies précautions, il était parvenu à connaître l'offre finale de la firme Lanctot pour la fourniture de papier au journal La Justice.

Lorsqu'il dut photocopier en deux exemplaires des documents pour les dossiers, il en profita pour en faire un troisième, donnant comme prétexte à son collègue de travail que certaines feuilles étaient un peu trop pâles.

Comme il s'agissait de documents confidentiels d'une importance capitale, Luc ajouta à son compagnon :

— Ramène les bonnes copies au bureau et place-les dans le classeur. Je vais, à l'instant, passer ces feuilles, trop pâles, dans le destructeur de documents.

À ces mots, il fit démarrer la machine et y inséra des feuilles de rebut qu'il avait habilement substituées à celles des documents convoités. Son copain, qui n'avait aucune raison de le soupçonner, vit le destructeur avaler des feuilles, puis il retourna à leur bureau. Luc resta un peu en arrière et en profita pour dissimuler les précieux papiers à l'intérieur de sa chemise. Ce soir-là, bien camouflés par son paletot, les documents sortirent par la porte principale, avec le traître.

Comme prévu, Luc et monsieur Casgrain se rencontrèrent à la chambre 816 de l'hôtel Zénith ce même soir. Tels des gens de la pègre, ils revirent ensemble les différents points de l'offre.

Casgrain fit la grimace.

— C'est bas, ce chiffre! Si je mise en-dessous, je perdrai de l'argent. Comment peut-elle avoir une marge de profit aussi mince?

— Notre efficacité de production s'est améliorée depuis l'installation de la nouvelle sécheuse à papier.

Luc resta un peu en arrière
et en profita pour dissimuler les précieux papiers
à l'intérieur de sa chemise.

— Tant mieux, un jour elle sera à nous de toute façon...

Le regard malicieux, il esquissa un genre de grimace-sourire qui exprimait bien son ambition insatiable.

— Qu'allez-vous faire? questionna Luc.

— Je n'ai pas le choix. Je vais miser plus bas que son offre, même si je perds de l'argent. Je peux me permettre ce risque pour un temps, pour briser les reins de Lanctot. Après, les prix, c'est moi seul qui les règlerai et je saurai bien reprendre les profits perdus.

Un silence envahit la chambre. Les deux hommes pensaient.

— Bon travail, Luc. Surtout, pas d'imprudences. Tu es maintenant dans le coup avec moi. Si nous nous faisions prendre, nous serions dans de beaux draps.

Après réflexion, Casgrain reprit :

— Bon, je vais faire ma part et obtenir ce contrat. De ton côté, demeure prudent et attends les résultats. Si d'autres offres se présentent, dis-le-moi.

Tu pourras, ajouta-t-il, voir Hélène discrètement, à la maison, mais pas plus. Il ne faut absolument pas commettre de bévue à un moment aussi crucial. Ne viens à la maison qu'à la nuit tombée. Ainsi, tu ne seras pas vu.

— Soyez sans crainte, j'ai tout prévu pour demeurer incognito. Je comprends l'importance de l'enjeu.

Ce n'est que trois jours plus tard que le jeune homme se présenta chez Hélène, à dix heures du soir.

— De la visite rare et... tard, fit-elle un peu sarcastique, lorsqu'elle vit arriver son prétendant.

— Du travail par-dessus la tête, Hélène.

Alors, il ouvrit l'emballage d'une douzaine de roses magnifiques. À la vue de ce présent, la jeune fille oublia sa rancune et son dépit. Elle se jeta au cou de Luc en le remerciant.

— J'ai une bonne nouvelle, samedi soir, ma cousine Françoise sera de passage dans la métropole. Elle m'a téléphoné cet après-midi pour m'en avertir. Nous avons convenu d'aller au parc Lalonde pour nous amuser sur les manèges... les deux couples...

— Quels deux couples?

— Ton frère Jean et Françoise, et nous deux, comme durant ces belles sorties du mois de juillet. Tu te souviens, comme c'était agréable?

— Bien... tu sais ce que je t'ai dit à propos d'être vus ensemble...

— Luc! nous serons parmi des milliers de personnes au parc Lalonde. Et si quelqu'un nous voyait, saurait-il que je suis la fille d'Henri Casgrain? Voyons Luc, cesse ces mystères. Je ne vais pas passer toute ma vie à la maison parce que je t'aime. En plus, j'ai déjà organisé toute la soirée avec Françoise et je me suis même permis de téléphoner à Jean tout à l'heure. Il était enthousiasmé à l'idée de cette sortie.

— ...

Luc ne répondit pas. Il pensait. Il se rappelait l'avertissement de monsieur Casgrain : être prudent, surtout en ce moment. Il ne pouvait donc pas accepter; mais comment expliquer son refus à Hélène, si emballée par cette perspective de sortie, surtout en compagnie de sa cousine Françoise.

Soudain, il reprit :

— Oui, d'accord, j'irai avec vous.

— Que je suis heureuse!

Elle lui sauta au cou et l'embrassa.

En son for intérieur, il savait bien qu'il n'irait pas. Jamais il ne compromettrait ses chances de réussite en affaires pour une sortie banale dans un parc d'amusement. Il avait dit oui pour se tirer d'embarras, mais trouverait bien, en deux jours, une façon de s'en sortir.

Ils avaient convenu d'aller tous les trois, Hélène, Luc et Jean, rencontrer Françoise à son arrivée à la gare. De là, les deux couples iraient directement au parc Lalonde.

Impatiente de revoir sa cousine, Hélène fut la première arrivée à la gare. Que de choses elles auraient à se raconter, ces deux-là!

Assise sur un tabouret du petit bar-casse-croûte de la gare, Hélène buvait lentement un cola.

Elle lança un cri de surprise, en pivotant soudain sur son tabouret. Elle avait en face d'elle le visage souriant de Jean.

— Tu m'as fait peur, grand fou!

— Grand fou! Ça, c'est mon nom. Ma mère m'appelle souvent comme ça.

Hélène ne put s'empêcher d'être émue par l'attitude chaleureuse du jeune homme. En un éclair, elle revit le galant qui la consolait le soir de son escapade malheureuse.

— Je suis contente de te revoir, Jean. C'est dommage que nous ayons si peu d'occasions de nous rencontrer.

— Que voulez-vous, jolie demoiselle, il n'est pas facile de sortir votre amoureux de la maison. Ce gars-là va se tuer à travailler.

— Où est Luc? dit-elle en le cherchant des yeux.

Le visage de Jean s'assombrit.

— Luc est malade. Cet après-midi, il se plaignait d'un violent mal de tête. Au souper, il est allé se coucher, puis s'est levé en disant qu'il avait la nausée. Je crois bien qu'il couve une grippe ou que ses ulcères empirent. Avec toutes les heures supplémentaires qu'il fait depuis une semaine, ce n'est pas surprenant qu'il soit épuisé et susceptible d'attraper la grippe.

— Il ne viendra pas?

— Non. Il m'a demandé d'accompagner au parc les deux plus belles cousines de la province.

À ces mots, il fit une révérence pompeuse devant Hélène qui rit. Les passants le regardèrent d'un air amusé. De son côté, Jean, toujours naturel, ne semblait même pas les voir.

— Crois-tu que je devrais y aller sans Luc?

— Bien sûr! c'est ce qu'il m'a recommandé. Quand est-ce que le train de Françoise arrive?

— Dans cinq minutes.

— Allons donc l'attendre.

Hélène se leva et saisit son sac. Avec galanterie, Jean l'entoura de son bras. Sa compagne le regarda étrangement.

— Je fais ce que mon frère m'a demandé. Je t'accompagne, dit-il avec un sérieux pincé tout à fait comique.

Hélène entra dans le jeu. Combien réconfortant ce bras affectueux autour d'elle. Ce n'est pas Luc, le tiède, qui... Elle s'empêcha de poursuivre sa pensée.

Le train entra en gare. Une centaine de personnes en descendirent. Jean et Hélène eurent beau chercher parmi la foule, pas de Françoise.

— Es-tu certaine que c'est ce train-ci? demanda Jean.

— Oui, elle a bien dit le train de huit heures cinq.

«Hélène Casgrain, Hélène Casgrain.» Ce nom résonnait à travers la foule.

— Écoute, dit Jean. J'ai entendu ton nom.

«Hélène Casgrain, Hélène Casgrain.»

C'était un jeune messager, vêtu d'un costume rouge très voyant, qui criait son nom.

— Ici, lança Jean de sa voix de stentor.

Le messager s'approcha du jeune couple et dit :

— Télégramme pour mademoiselle Hélène Casgrain.

— C'est moi.

Le messager tendit le télégramme à la jeune fille, inquiète, tandis que Jean donnait un pourboire au porteur.

— J'ai peur, dit Hélène.

— Ouvre avant, on aura peur après.

Hélène ouvrit et lut à haute voix :

«Ne serai pas au rendez-vous. Stop. Brisé jambe en jouant tennis après-midi. Stop. Amusez-vous sans moi. Stop. Te téléphonerai demain midi. Stop.

Françoise.»

— Quelle malchance! Pauvre Françoise. J'espère que ce n'est pas grave, reprit Hélène, émue.

— Elle n'est pas chanceuse, en effet. Ne nous a-t-elle pas dit qu'elle s'était cassé une jambe en faisant du ski l'hiver dernier?

— Oui. J'espère qu'elle n'a pas aggravé son ancienne fracture.

Tout en parlant, les jeunes gens avaient marché jusqu'à un banc où ils s'étaient assis.

— Qu'allons-nous faire ce soir? demanda Hélène. Moi, je n'ai plus le goût de m'amuser au parc Lalonde, sachant Luc malade et Françoise accidentée.

— Tu as raison. Moi non plus. Il y a un petit bar tranquille juste à côté. Allons prendre un verre et nous pourrons bavarder un moment.

— D'accord, fit Hélène en se levant.

Le couple entra dans le bar. Une douce musique de piano y créait une ambiance d'intimité. Jean choisit un coin éloigné des autres, et s'assit en face d'Hélène. Le garçon de table s'avança. Jean fit un signe de tête vers son amie.

— Un verre de votre vin maison s'il vous plaît, fit-elle.

— Une bière pour moi. Le champagne des pauvres, ajouta-t-il d'un air comique à l'intention de la jeune fille.

Visiblement, les deux jeunes gens se sentaient un peu hors contexte. Jean avec l'amie de son frère, conversant dans un bar, au lieu de se trouver au parc Lalonde, un bain de foule...

Mais après tout, ce n'était certes pas leur faute. La conversation se fit autour des ennuis de Françoise et de Luc.

Jean se gardait bien d'abaisser son frère, même s'il trouvait souvent pour le moins bizarre ses attitudes matérialistes devant la vie. C'est Hélène qui lui confia ses inquiétudes au sujet de la tiédeur de son ami.

Enfin, lorsque la conversation s'orienta vers la rencontre qui avait eu lieu chez Jean, le soir de la fuite éperdue de la jeune fille, ils ne purent s'empêcher de se faire des confidences sur les sentiments qu'ils avaient réciproquement éprouvés ce soir-là.

— Et, depuis ce temps, je ne cesse de penser que mon frère a de la veine d'avoir rencontré une fille aussi formidable que toi.

Il retint prisonnières les deux mains d'Hélène et ajouta :

— Si jamais on te néglige, n'oublie pas...

Jean comprit qu'il allait trop loin et changea subitement de ton :

— N'oublie pas... que je suis ton chaperon pour la soirée. Ton verre est vide et le mien aussi. Il fit un signe au garçon de table qui leur servit la même consommation.

La conversation se poursuivit avec entrain. Pourtant, à maintes occasions, un silence prolongé les mettait dans un certain embarras. Tous deux comprenaient que c'étaient leurs cœurs qui se parlaient. Tous deux, francs et fidèles, mataient leurs sentiments afin de garantir cette fidélité.

À onze heures, c'est avec regret que Jean suggéra le retour. Le couple décida de faire à pied le trajet d'environ trente minutes entre le bar et le domicile d'Hélène. La nuit était douce en cette fin d'août, et cette demi-heure passa trop rapidement pour Hélène qui se sentait si bien en compagnie de son ami. Devant la porte, Jean saisit la main de la jeune fille. Son visage rieur était devenu d'un sérieux étonnant. Il s'avança comme s'il avait voulu l'embrasser, mais il se ressaisit au dernier instant.

— Bonsoir, soupira-t-il tout près.

Hélène, d'un mouvement spontané, lui donna un baiser d'amitié sur la joue, mais elle aussi aurait voulu lui en dire plus.

— Bonsoir, Jean. Ma soirée a été très agréable.

Alors que Jean, ému, repartait, ne sachant trop que dire, Hélène ajouta :

— Dis à Luc que je lui téléphonerai demain pour m'enquérir de son état.

— D'accord!

Hélène fit quelques pas vers la porte, puis s'arrêta pour regarder s'en aller l'homme qu'elle pourrait si facilement aimer si elle ne devait pas demeurer fidèle à l'autre.

Chapitre IX

SEPTEMBRE arriva. Hélène commença ses cours. Qu'elle avait rêvé à cette dernière année du baccalauréat! Toujours studieuse et douée, elle entama son année avec sérieux mais avec moins d'entrain que d'habitude. Une vague angoisse la hantait quand elle pensait à son avenir. Luc la fréquentait toujours, mais ses absences se prolongeaient souvent. Les raisons étaient toujours les mêmes : le travail.

En effet, Luc s'adonnait corps et âme à son nouveau rôle de complice de Casgrain.

La société Lanctot avait subi un revers grave en perdant, au profit de Casgrain, le gros contrat du journal La Justice. Déjà en difficulté, elle se devait de décrocher le prochain contrat, celui de la compagnie d'alimentation Carrousel.

Casgrain proposa à Luc le même scénario d'espionnage industriel qu'à la première occasion. Ainsi, s'il pouvait miser encore une fois plus bas que Lanctot, il

l'affaiblirait au point où il la forcerait à re-
considérer la fusion des deux entreprises.

Luc se sentait maintenant très sûr de
réussir, puisque le premier détournement
d'information s'était avéré tellement facile.
Mais, soit que son supérieur se fût douté de
quelque chose, soit par pur hasard, il assi-
gna à son jeune comptable un autre projet.
Luc s'en trouva mortifié, car il arrivait au
terme du travail qui le mènerait à l'information de l'offre finale.

Quelle déception pour lui. Toutefois,
devant ses supérieurs et ses collègues de
travail, il demeura imperturbable. C'est Marc
Séguin, son compagnon de travail, qui ter-
minerait l'opération.

Ce soir-là, à l'hôtel Zénith, Luc rendit
compte de l'état des choses à Casgrain. Celui-
ci grimaça devant cette fâcheuse complica-
tion. Néanmoins, habitué aux contrariétés, il
évalua les circonstances avec froideur.

— Qui s'occupe de finir le travail?

— Marc Séguin.

— Comment est-il celui-là?

— Compétent, travailleur...

— Je veux dire dans sa vie privée...
marié? une maison? des dettes? quoi?

— Je ne le connais pas trop. Je sais
qu'il est marié et qu'il a au moins deux

enfants puisqu'il a la photo de sa famille sur son bureau de travail. À part ça...

— Quand sera prête cette documentation?

— Jeudi de la semaine prochaine. C'est la date limite qu'on nous avait donnée.

— Bon...

L'industriel s'arrêta. Un silence pesant régnait dans la pièce. Luc attendait sans dire un mot, sachant que l'industriel machinait quelque stratagème. Seule sa respiration lourde cadençait l'attente. Enfin il dit :

— Je veux plus d'informations sur ce Marc Séguin. Trouve-moi son adresse et mon détective fera le reste. Je veux connaître ses faiblesses afin de savoir s'il peut être acheté. Toi, ne fais rien de plus jusqu'à nouvel ordre.

Casgrain quitta la pièce sans même saluer. Luc ne s'en trouva pas offusqué. Les affaires pressaient, et ce n'était pas le moment de faire des civilités. Son admiration augmentait pour le vieux renard...

Luc rentra chez lui de sa mission secrète vers dix heures. Infatigable, il s'assit devant ses travaux de cours, lorsque la sonnerie du téléphone vint le déranger.

— Luc, c'est pour toi, fit sa mère.

— Bonsoir...

Après quelques mots à peine de son interlocutrice, Luc s'exclama :

— C'est vrai! Ah! que je suis bête d'avoir oublié. Mille pardons, Hélène. J'ai été appelé d'urgence au bureau puis, avec l'énervement, j'ai complètement oublié notre rendez-vous. Écoute Hélène, pour me faire pardonner, samedi, je t'emmène en promenade dans les Laurentides et nous irons dîner dans le restaurant dont tu m'as parlé.

La conversation se poursuivit avec des mots doux et des promesses de la part de Luc. Ce soir-là, Hélène avait insisté pour rencontrer Luc, et il avait finalement convenu de la rencontrer au cinéma. Mais l'appel d'urgence de Casgrain, qui avait fixé un rendez-vous immédat à l'hôtel Zénith, avait eu priorité sur cette sortie. Trop préoccupé, il avait par la suite complètement oublié Hélène et le rendez-vous.

Trois jours plus tard, Casgrain fixait une autre rencontre d'urgence à l'hôtel Zénith. Sans plus de préambule, il annonça :

— Je viens d'obtenir le résultat de l'enquête de mon détective au sujet de Marc Séguin. Marié, père de deux enfants, il gagne vingt mille dollars par année. Une faiblesse : Marc boit un peu fort et sa femme, extravagante, dépense trop... C'est pourquoi ils ont deux mois de retard dans le paiement de l'hypothèque de leur maison achetée l'an dernier. Ça, c'est bon! Notre homme a besoin d'argent. Voici où tu entres en jeu, Luc. Dès samedi, tu l'emmènes prendre un verre. Voici cinquante dollars. Fais-le parler. Lorsqu'il en sera à ses dettes, laisse-lui entendre que tu peux l'aider, à condition... tu comprends?

Luc fit oui de la tête. Il comprenait très bien. Il s'agissait de lui offrir un pot-de-vin pour obtenir de lui le montant de la soumission à la compagnie d'alimentation Carrousel.

— Toutefois, ajouta Casgrain, ne mentionne en aucun cas mon nom ou ma compagnie. Il n'a pas besoin de savoir. Il faut se protéger.

— Combien lui offrirai-je?

— Vas-y lentement. Attends qu'il te revienne le lendemain. S'il ne t'en reparle pas, c'est peut-être un de ces incorruptibles qui préfère tout perdre plutôt que d'avoir l'initiative de se débrouiller. S'il mord à l'appât, offre-lui trois mille dollars. S'il marchande, monte lentement, mais ne dépasse pas cinq mille. Rendu à ce chiffre, retire ton offre. Tu verras, c'est efficace ce truc-là.

Luc eut un petit rire jaune. Il se rappelait, en effet, très clairement, l'efficacité de ce tour qui l'avait dérouté lorsque Casgrain le lui avait joué.

Maintenant que les deux hommes étaient complices, Casgrain n'avait plus de secrets et jouait, semblait-il, franc jeu avec Luc.

— Bon, c'est ce que je ferai. Ah! zut, j'avais promis à Hélène une balade dans les Laurentides, samedi!

— Garçon, les affaires avant le plaisir! répliqua sèchement le maître.

— Oui, en effet...

— Fais-lui comprendre ça avant le mariage et tu n'auras pas de difficultés après. Ma femme avait compris, elle...

Marc Séguin fut surpris de l'amabilité de Luc qui était demeuré jusque-là un collègue sérieux et très réservé. Dans le passé, jamais il n'avait consenti à aller prendre un verre avec les employés du bureau et maintenant, il l'invitait avec insistance. Enfin, il accepta, croyant à une amitié nouvelle.

L'après-midi fut long car Marc, un habitué, buvait ferme. De son côté, Luc devait se surveiller de près, lui, un novice dans cette pratique.

Enfin, lorsque Luc vit Marc tituber en se rendant aux toilettes, il comprit que le moment était venu de parler d'affaires.

Sans gêne aucune, Marc lui débita avec détails ses difficultés d'argent. Il perdrait sa maison s'il ne pouvait faire le prochain paiement, car il aurait alors trois mois de retard. Il avoua aussi que cela causait de graves ennuis de ménage, sa femme le rendant déjà responsable de ce malheur.

Avec d'infinies précautions, Luc lui proposa l'affaire en essayant par tous les moyens de se protéger et de protéger son complice. Séguin l'écoutait avec toute l'attention dont il était capable. Déjà, cette offre l'intéressait au plus haut point et il posa mille et une questions que Luc évita habilement.

Enfin, Luc laissa tomber et Marc, passablement ivre, promit de lui en reparler le lundi suivant. Luc lui fit promettre le secret absolu sans trop croire en cette promesse d'ivrogne...

Luc n'eut pas à attendre jusqu'au lundi pour obtenir des résultats. Lorsque son copain se dégrisa, le dimanche matin, et revit l'offre plutôt obscure dans sa mémoire, il prit un rendez-vous avec Luc. Les deux hommes firent une longue promenade en

**Luc lui proposa l'affaire. Séguin l'écoutait
avec toute l'attention dont il était capable.**

auto durant laquelle Luc renouvela son offre avec tous les détours si caractéristiques à sa personnalité rusée. Marc, pris à la gorge par ses créanciers, mordit à l'appât. Cependant, habitué aux négociations et aux affaires, il décrocha le maximum permis par Casgrain, soit cinq mille dollars. Lorsque Luc menaça de retirer son offre complètement, le débiteur accepta. Cette somme était plus que suffisante pour payer son hypothèque en souffrance et il pourrait même s'offrir quelque luxe. Bien sûr, cela inclurait de regarnir son bar.

C'est ainsi que se passa cette fin de semaine, fort productive pour le jeune ambitieux, et fort ennuyeuse pour Hélène qui dut, encore une fois, rester seule à la maison.

Dès le dimanche après-midi, Casgrain et Luc se rencontraient à l'hôtel pour discuter du résultat des négociations.

— Bon, fit l'homme d'affaires. Jeudi, je veux ces documents en main. C'est seulement après, que tu lui remettras le gros lot...

— Entendu. Je vous rencontrerai ici, jeudi soir, à sept heures précises, pour l'échange.

— Ça va.

Sans plus, les deux conspirateurs se quittèrent.

Ils se retrouvèrent, comme prévu, le jeudi suivant.

Voyant l'offre de Lanctot, Casgrain maugréa :

— C'est bas! C'est bas! Cette coquine va encore me faire perdre de l'argent... mais je l'aurai à la fin.

Même scénario. L'industriel misa plus bas que Lanctot et arracha encore une fois le contrat.

Luc jubilait intérieurement à l'annonce catastrophique de l'échec de la firme Lanctot. Il avait peine à cacher sa joie devant les autres, atterrés par les événements.

Deux mois plus tard, après une réunion du conseil d'administration, Lanctot dut faire face à l'inévitable : faire faillite ou pactiser avec Casgrain qui désirait acheter ses actions majoritaires depuis si longtemps.

Afin de sauvegarder les emplois de son nombreux personnel, Lanctot ravala son orgueil et fit le pas vers la société Casgrain.

Lorsque Henri et Luc se rencontrèrent, ce soir-là, à l'hôtel, et que le riche industriel annonça la victoire finale à son jeune associé, Casgrain fit sauter le bouchon d'une bouteille de champagne et les deux complices fêtèrent leur victoire.

Le mois de décembre se passa dans un chambardement indescriptible. La passation des pouvoirs aux mains d'un Casgrain implacable ne se fit pas sans patronage évident. Les collaborateurs serviles depuis nombre d'années furent promus à des postes élevés. Marc Séguin devint chef comptable. Luc, le futur gendre du patron, devint à la surprise de tous, directeur du personnel du nouveau consortium.

Ainsi, Luc accédait au même rang social que Casgrain et préparait son entrée dans cette famille convoitée.

Chapitre X

À NOËL, Hélène fut surprise de recevoir une magnifique bague de fiançailles de Luc. Surprise, en effet, puisqu'elle le voyait si peu qu'elle commençait à se demander s'il n'avait pas changé d'idée à son propos.

Habile, il avoua sa faute : trop de travail. Il expliqua, avec tous les détails à l'appui, que la prise de contrôle des établissements Lanctot l'avait tellement absorbé qu'il avait dû la négliger, mais bien contre son gré. Il promit même de ne plus la délaisser ainsi, maintenant que le gros du travail était accompli. Hélène lui pardonna et promit, de son côté, d'être plus compréhensive.

Au mois de janvier, le jeune fiancé fit un effort pour s'occuper davantage d'Hélène qui s'en réjouit.

Toutefois, tel un alcoolique incorrigible, l'ambitieux oublia ses résolutions et consacra de plus en plus de temps à son travail et de moins en moins à Hélène.

Désenchantée, la jeune fiancée revoyait souvent sa mère en pensée. Toujours seule à la maison, se dévouant à sa fille, son éternel petit point à la main, elle avait vite appris à vivre seule. Elle revit son père. Ses seuls souvenirs étaient lorsqu'il lui apportait des présents. Aussitôt qu'ils étaient déballés, il disparaissait dans son cabinet de travail où il passait la plus grande partie de son temps.

Si son père proposait une sortie avec son épouse, c'était pour une soirée de circonstance qui ne manquait jamais de tourner en rencontre d'affaires avec d'autres collègues présents. Et, encore une fois, son épouse était reléguée au second plan jusqu'au départ. Jamais Hélène n'avait joué avec son père ou vécu quelque expérience père enfant avec lui. Seule sa mère demeurait omniprésente en sa mémoire.

Hélène commença à se demander quel genre de vie affective avait bien pu exister entre sa mère et son père. C'est alors qu'elle revit sa mère mourante lui prodiguer un dernier conseil : «Hélène, le bonheur est un devoir. Ne laisse personne te détourner de ton bonheur».

Elle avait saisi l'importance de ces mots à ce moment-là mais, maintenant qu'elle subissait son état de solitude forcée, là, véritablement, elle comprenait avec profondeur ces mots sacrés. Elle s'efforça de revoir tous les moments vécus avec Luc. Ah! l'extase du début! Elle qui n'avait jamais été éveillée à l'amour... Cette randonnée à la plage où Jean l'avait sauvée d'une noyade... Puis, son entêtement aveugle à vaincre son père; sa fugue chez les Tremblay un soir de pluie... Là, elle sourit en se remémorant les soins si réconfortants de Jean. Oui, Jean, sincère, ardent, prévenant... Ensuite, l'annonce du feu vert. Ah! le bonheur que cette annonce lui avait procuré, et sa déception peu après... Luc la délaissant au profit de son travail. Oui, elle était fière des promotions de Luc et de sa rapide ascension professionnelle et sociale mais, pour elle, ce n'était pas ce qui comptait. Toute sa vie s'en trouvait menacée. Elle avançait vers le mariage avec une certaine crainte. Faisait-elle le bon pas ou risquait-elle le même sort que celui de sa mère? Elle voyait souvent apparaître en comparaison l'image des deux frères jumeaux, si peu identiques...

Les mois d'hiver passèrent et Hélène se plongea avec fébrilité dans ses études. Elle voulait oublier son angoisse. Le printemps libérateur arriva. Il y aurait bientôt un an qu'Hélène et Luc s'étaient rencontrés. Pour fêter l'occasion, Luc promit à sa fiancée de passer une soirée avec elle. Ils iraient souper au restaurant Le vieux fanal. Hélène était ravie à cette idée. Depuis la mort de sa mère, elle sortait surtout lorsque Luc en trouvait le temps, ce qui était devenu rare. Son père, elle avait appris à ne pas compter sur sa présence.

Alors, elle misa sur cette sortie pour en faire une réussite. En son esprit, elle croyait encore reconquérir le cœur attiédi de son fiancé par des délicatesses toutes féminines. Elle s'acheta une robe bleue. Luc lui avait déjà fait le compliment que le bleu lui allait bien. Elle se fit onduler la chevelure pour paraître plus séduisante. Enfin, la jeune fiancée porta quelques bijoux choisis avec goût qui ajoutèrent à son élégance.

Luc devait venir la chercher vers huit heures. À huit heures et quart, il lui téléphona de son bureau pour lui demander de se rendre au restaurant par elle-même. Il était retenu par des affaires urgentes et inattendues, mais il arriverait le plus tôt possible.

Hélène fit un effort pour comprendre et accepter la situation. Jacques, le valet, la conduisit donc au restaurant où une table était réservée. Elle y prit place et attendit.

Une demi-heure plus tard, elle vit dans la pénombre du restaurant entrer Luc. Enfin, c'était lui! et Hélène, déjà, lui pardonnait ce retard. Elle sortit son poudrier et retoucha son maquillage, comme si elle ne voyait pas approcher son fiancé qui arrivait par le côté. Deux mains lui pressèrent les épaules d'un geste fervent et elle sentit un souffle léger lui effleurer l'oreille.

— Bonsoir, jolie demoiselle.

Hélène tressaillit, se retourna vivement et fit face à une figure arborant un sourire radieux. Un gros rire naturel s'échappa de sa gorge quand le jeune homme comprit que son truc avait marché.

— Jean! que fais-tu ici?

— Je passais et j'ai vu la plus jolie demoiselle de la métropole assise là à s'ennuyer. Je me suis dit : «Pourquoi ne pas entrer et lui tenir compagnie pour souper».

— Cesse de badiner, Jean, fit Hélène radieuse, et dis-moi ce qui se passe.

— Au cinéma, on m'appellerait un double. Je remplace les acteurs trop précieux ou trop peureux pour les scènes dangereuses. Mon frère, lui, est trop pressé pour t'accompagner ce soir. Il m'a téléphoné il y a un instant pour me demander de le remplacer. Il est pris au bureau par un emm... je veux dire une urgence, et il ne peut se permettre d'être ici.

Puis, il devint très sérieux. S'étant assis, il mit les mains d'Hélène entre les siennes et ajouta :

— Je suis très heureux d'être ici avec toi.

De nouveau, sur un ton badin, il poursuivit :

— Même si je me demande si je pourrai payer la note, dans un restaurant aussi chic. Je ne suis pas un gros légume comme mon frère, moi...

— Ne t'en fais pas, fit Hélène, en lui montrant la carte de crédit de Luc.

— Dans ce cas-là, profitons-en. J'ai une faim de loup.

L'humour communicatif de Jean avait déridé Hélène, toujours à l'aise avec lui.

Le souper se déroula avec entrain. Jean, tantôt comique, tantôt tendre, mais toujours sincère, charma Hélène encore davantage. Quand il commanda une deuxième bouteille de vin, le jeune couple devint volubile et ses rires résonnaient gaiement.

À la fin du repas, Jean proposa une petite promenade de santé. Hélène acquiesça avec plaisir, d'autant plus que la tête lui tournait un peu à cause du vin. Ils sortirent dans la nuit et marchèrent jusqu'au bord du fleuve par les sentiers tranquilles d'un parc odorant. La lune répandait des fleurs d'or sous les arbres qui ondulaient dans la brise. Le couple marchait main dans la main sans trop parler. Jean passa son bras autour de la taille de sa compagne qui, un instant, se demanda si elle devait le permettre, puis l'accepta de plein gré. Elle fit de même pour Jean qui la regarda avec un sourire splendide. Et, tard dans la nuit, le couple conversa avec animation.

De son côté, Luc n'avait pas vécu une expérience très agréable. Loin de là! Il était aux prises avec un grave incident qui compromettait son avenir de directeur du personnel et de futur époux d'Hélène.

Marc Séguin, à qui Luc avait donné un pot-de-vin pour obtenir des informations sur la société Lanctot, avait par la suite compris le subterfuge. Lorsqu'il vit Lanctot tomber dans les griffes de Casgrain après avoir perdu deux importants contrats, il devina le

Le couple marchait main dans la main sans trop parler.
Et, tard dans la nuit,
Hélène et Jean conversèrent avec animation.

rôle de Luc et le sien dans cette chute. Il était revenu à la charge pour faire pondre la poule aux œufs d'or. Luc, voyant approcher la date de son mariage, avait voulu le faire taire au moyen d'une somme d'argent. Marc eut vite fait de dilapider la somme et revint avec une plus grande soif vers cette source qui lui semblait inépuisable. Lorsque Luc voulut refuser, Séguin avait menacé de tout déclarer à la police. Ainsi pris, Luc n'avait plus eu d'autre choix que de payer, à son grand déplaisir. Mais, cette fois-ci, le nouveau chantage de Marc fit déborder le vase. Luc crut bon de prendre les grands moyens pour le décourager.

— Je suis à l'abri de tes chantages, lui avait-il déclaré.

Après quoi, il l'avait congédié sous prétexte que son état d'alcoolique l'empêchait de bien s'acquitter de ses fonctions.

Les machinations les plus noires trottaient dans la tête de Luc chaque fois qu'il voyait l'ivrogne revenir.

Chapitre XI

J UIN arriva, dans toute sa splendeur. Henri Casgrain fit demander son protégé à son bureau.

— Bon, Luc, tel que je te l'ai promis, juin est le mois des mariages. Que dirais-tu du vingt-huit? Tous les préparatifs seraient à point pour ce jour-là. Et j'ai une petite surprise pour toi.

Casgrain demanda à sa secrétaire de faire entrer un visiteur.

— Monsieur Lortie, voici mon futur gendre, Luc Tremblay, le directeur du personnel de la société Casgrain-Lanctot.

— Enchanté de vous connaître, fit l'architecte en lui serrant la main.

— Maintenant, commanda Casgrain, montre-nous tes diapositives.

Un écran et un projecteur à diapositives étaient déjà installés dans le bureau. Ils firent l'obscurité et Lortie montra la première image. C'était une maison, ou plutôt un petit château. Les diapositives suivantes découvraient les nombreuses pièces de la maison. Tout y était d'un luxe princier. La dernière diapositive montrait deux domestiques et un chauffeur assis au volant d'une Rolls Royce noire.

Puis, sans plus de commentaires, les lumières se rallumèrent.

— Qu'est-ce que c'est, fit Luc devant les deux hommes, qui le regardaient d'un air amusé.

— Mon futur gendre, c'est ton cadeau de noces de la famille Casgrain.

Éclatant d'orgueil, l'industriel regardait le jeune homme qui pensa défaillir de bonheur. Lui, Luc Tremblay, issu d'une des familles les plus pauvres de la ville, devenu directeur du personnel et maintenant propriétaire d'un château! Et bientôt, il entrerait dans cette famille de millionnaire. Il nageait dans l'euphorie. Jamais ses rêves les plus ambitieux n'avaient osé le mener aussi loin.

Henri Casgrain riait. Il était au sommet de la gloire. La firme concurrente lui appartenait maintenant, son futur gendre promettait les succès escomptés, sa fille serait casée à son goût avec un homme d'affaires habile; bref, il avait lui aussi réussi sa vie, et ses rêves les plus grandioses se réalisaient.

On entendit l'interphone sonner.

Casgrain répondit :

— Oui?

— Monsieur Casgrain, votre fille Hélène est ici pour vous voir.

«Que fait-elle ici», songea son père. Puis il sourit. Quel meilleur moment pour que Luc lui annonce la date de leur mariage et, du même coup, lui fasse voir les diapositives de leur foyer.

— Fais-la entrer tout de suite.

Luc, lui aussi surpris de voir arriver Hélène, crut en un tour monté par monsieur Casgrain en ce moment si opportun.

La porte s'ouvrit et Hélène entra. Jamais Luc ni son père ne l'avaient vue aussi radieuse.

D'une voix sereine, elle s'adressa à son père ainsi qu'à Luc.

— J'ai une nouvelle à vous annoncer.

— Nous aussi, l'interrompit son père.

— Non! écoutez-moi cette fois. Moi, j'ai à vous parler et je désire être écoutée.

Le ton à la fois calme et ferme de sa voix fit comprendre aux hommes l'importance de ce qu'elle voulait dire.

— Je connais Luc depuis un an et je sais qu'il désire m'épouser bientôt. Depuis la prise de la société Lanctot, Luc travaille jour et nuit. Nous sommes fiancés depuis Noël et nous nous sommes à peine vus depuis ce temps, tellement il est pris par son travail. Tu te souviens, papa, des dernières paroles de maman : «Hélène, le bonheur est un devoir. Ne laisse personne te détourner de ton bonheur». Je comprends ces paroles maintenant mieux que jamais. C'est pourquoi...

Elle coupa sa phrase pour aller ouvrir la porte. Elle revint, tenant Jean par la main. Il s'avança, l'air dégagé.

— Voilà pourquoi, j'ai choisi celui que j'aime. Il me rendra heureuse pour toujours...

Casgrain resta interdit. Son air devint sombre comme aux jours où un adversaire lui tenait tête.

Luc, blanc comme un drap, regardait la scène, les bras ballants.

Le père, cigare à la main, montra Jean du doigt en vociférant :

— Qui est cet individu?

— Je suis le frère jumeau de Luc. Camionneur de métier. Je charrie votre bois depuis des années et vous ne me connaissez même pas?

— Je ne permettrai pas que tu fréquentes ma fille. Elle est fiancée à Luc et va l'épouser.

— Trop tard, annonça Hélène d'un air défiant. Je connaissais à l'avance votre réaction. Nous sommes mariés depuis hier soir. Papa, voici votre gendre : Jean Tremblay...

Un silence lourd comme du plomb fondit sur la pièce. La sonnerie de l'interphone se fit entendre à nouveau.

Brutalement, Casgrain pressa le bouton et cria :

— Qu'est-ce que c'est encore?

— Monsieur Casgrain, fit une voix intimidée, il y a ici un de vos anciens employés, monsieur Séguin, et l'inspecteur Doyon de la police qui désirent vous voir, vous et monsieur Luc Tremblay.

L'œil d'acier de l'industriel implacable toisa Luc, tandis que celui-ci s'écroulait dans un fauteuil, l'air hébété...

«Papa, voici votre gendre, Jean Tremblay.»

Table des matières

Photographies : 8, 14, 32, 34, 47, 66, 84, 94, 115, 130, 141, 160, 172, 180

DIFFUSION

Pour tous les pays

Les Éditions du Vermillon
305, rue Saint-Patrick
Ottawa (Ontario) K1N 5K4
Tél. : (613) 230-4032

Au Québec

Québec Livres
4435, boulevard des Grandes-Prairies
Saint-Léonard (Québec) H1R 3N4
Tél. : (514) 327-6900

Graphisme
composition
en Bookman corps onze sur quinze
et mise en page
Atelier graphique du Vermillon
Ottawa

Séparation de couleurs
film de couverture
et trames
So-Tek Graphic Inc.
Gloucester

Impression et reliure :
Les Ateliers Graphiques Marc Veilleux Inc.
Cap-Saint-Ignace

Achevé d'imprimer
en février mil neuf cent quatre-vingt-treize
sur les presses des
Ateliers Graphiques Marc Veilleux Inc.
pour les Éditions du Vermillon

ISBN 0-919925-80-4
Imprimé au Canada